Minayeff

Petavatthu

Minayeff

Petavatthu

ISBN/EAN: 9783337385279

Printed in Europe, USA, Canada, Australia, Japan

Cover: Foto ©Andreas Hilbeck / pixelio.de

More available books at **www.hansebooks.com**

Pali Text Society.

PETAVATTHU.

EDITED BY

PROF. MINAYEFF
(OF ST. PETERSBURG.)

LOND[illegible]
PUBLISHED F[illegible]
BY [illegible] FROWDE,
OXFORD UNIVERSITY PR[illegible] CO[illegible]

PREFACE.

For the present edition I have made nse of the following manuscripts:

1. C. and 2. D. Two Siṃhalese MSS. of my own collection. Text and Commentary hy Dhammapāla. In the Introduction the author gives a short description of the whole work.

1. Mahâkāruṇikaṃ nāthaṃ ñeyyasâgarapâragum
   vande nipnṇagambhīraṃ vicitranayadesanaṃ.
2. Vijjācaraṇasampannaṃ yena nīyanti lokato
   vandem anuttaraṃ dhammaṃ sammâsambnddha-
   pūjitaṃ.
3. Sīlādiguṇasampanno ṭhito maggaphalesu yo
   vande ariyasaṃghan taṃ puññakkhettaṃ anuttaraṃ.
4. Vandanājanitaṃ puññaṃ iti yaṃ ratanattaye
   hatantarâyo sabbattha hutvâhan tassa tejasā.
5. Petehi kataṃ kammaṃ yaṃ yaṃ purimajâtîsn
   petabhâvâvahan taṃ taṃ tehi phalabhedato.
6. Pakâsayanti bnddhānaṃ desanā yâ visesato
   saṃvegajananī kammaṃ phalaṃ paccakkhakārīnaṃ.
[illegible] Petavatthū 'ti nāmena snpariññātavatthukā
   [illegible] khnddakanikāyasmiṃ saṃgāyiṃsu mahesayo.
8. Tas[illegible]mâyalambitvā porâṇaṭṭhakathā[illegible]yaṃ
   tattha [illegible] nidānāni vibhāvento visesato.
8. Suvisuddh[illegible] saṃkiṇṇaṃ nipuṇatthavinicchayaṃ
   Mahāvihārav[illegible]naṃ samayaṃ avilomayaṃ.
10. Yathā balaṃ kariss[illegible]i atthasaṃvaṇṇanaṃ sbhaṃ
    sakkaccaṃ bhâsato taṃ me nisāmayatha sādhavo 'ti.*

---

* Comp. the Paramattha-Dīpani, Vimâna-vatthu, p. vi.

Tattha petavatthū 'ti. seṭṭhiputtādikassa tassa tassa sattassa petabhāvahetubhūtakammaṃ tassa pana pakāsanavasena pavatto khettūpamā arahanto 'ti ādiko pariyattidhammo idha petavatthū 'ti adhippeto.

Tayidaṃ petavatthuṃ kena bhāsitaṃ kattha bhāsitaṃ kadā bhāsitaṃ kasmā bhāsitan 'ti.

Vuccate.

Idaṃ hi petavatthuṃ duvidhena pavattaṃ aṭṭhuppattivasena ca pucchāvissajjanavasena ca. tattha yaṃ aṭṭhuppattivasena pavattaṃ. taṃ bhagavatā tāva bhāsitaṃ. itaraṃ Nāradattherādīhi pucchitaṃ. tehi tehi petehi bhāsitaṃ. satthā pana yasmā Nāradattherādīhi tasmiṃ tasmiṃ pucchāvissajjane āropite taṃ taṃ aṭṭhuppattiṃ katvā sampattaparisāya dhammaṃ desesi. tasmā sabbapetavatthuṃ sattharā bhāsitaṃ eva nāma jātaṃ. pavattitavaradhammacakke hi satthari tattha tattha Rājagahādīsu viharante yebhuyyena tāya tāya aṭṭhuppattiyā pucchāvissajjanavasena sattānaṃ kammaphalapaccakkhakaraṇāya taṃ taṃ petavatthuṃ desanaṃ ārūḷhan 'ti.

Ayaṃ tāv' ettha kena bhāsitan 'ti ādīnaṃ padānaṃ sādhāraṇato vissajjanā.

Asādhāraṇato pana tassa tassa vatthussa atthavaṇṇanāyam eva āgamissati.

Taṃ pan' etaṃ petavatthuṃ vinayapiṭakaṃ suttapiṭakaṃ abhidhammapiṭakan 'ti tīsu piṭakesu suttantapiṭakapariyāpannaṃ.

Dīghanikāyo majjhimanikāyo saṃyuttanikāyo aṅguttaranikāyo khuddakanikāyo pañcasu nikāyesu khuddakanikāyapariyāpannaṃ.

Suttaṃ geyyaṃ veyyākaraṇaṃ gāthā udānaṃ itivuttakaṃ jātakaṃ abbhutadhammaṃ vedallan 'ti navasu sāsanaṅgesu gāthāsaṃgahaṃ.

dvāsītiṃ buddhato gaṇhiṃ dve sahassāni bhikkhuto
caturāsīti sahassāni ye 'me dhammā pavattino [illegible]

Evaṃ dhammabhaṇḍāgārikena paṭiññātesu [illegible]tiyā dhammakkhandhasahassesu katipayadh[illegible]andhasaṃgahaṃ.

Bhāṇavārato catuhhāṇavāramattaṃ.

Vaggato Uragavaggo Ubharīvaggo Cūḷavaggo Mahāvaggo 'ti catuvaggasaṃgahaṃ. tesu paṭhamavagge dvādasa vatthūni. dutiyavagge torasa vatthūni. tatiyavagge dasa vatthūni. catutthavagge soḷasavatthūnīti vatthuto ekapaññāsavatthupatimaṇḍitaṃ.

The name of the author of the commentary is given in the concluding gāthās.

Ye te petesu nibbattā sabhadukkaṭakārino
yehi kammehi te santaṃ pāpakaṃ kaṭukaphalaṃ.
paccakkhato vibhāventi pucchāvissajanehi vā
sā desanā niyamen' eva sattasaṃvegavaḍḍhanī.
yaṃ kathāvatthukusalā supariññātavatthukā
petavatthū 'ti nāmena saṃgāyiṃsu mahesayo.
tassatthaṃ pakāsetuṃ porāṇatthakathānayaṃ
nissāya yā samāraddhā atthasaṃvaṇṇanā mayā.
yā tattha paramatthānaṃ tattha tattha yathārahaṃ
pakāsanā paramatthadīpanī nāma nāmato.
sampattā pariniṭṭhānaṃ anākulavinicchayo
sā paṇṇarasamattāya pāḷiyā bhāṇavārato.
iti taṃ saṃkharontena yaṃ taṃ adhigataṃ mayā
puññam assānubhāvena lokanāthassa sāsanaṃ.
ogāhetvā visuddhāya sīlādipaṭipattiyā
sabbe pi dehino hontu vimuttirasabhāgino.
ciraṃ tiṭṭhatu lokasmiṃ sammāsambuddhassa sāsanaṃ
tasmiṃ sagāravā niccaṃ hontu sabbe 'va pāṇino.
[illegible]mā vassatu kālena devo pi jagati pati
[illegible]mmanirato lokaṃ dhammen' eva pasāsatū 'ti.
Ba[illegible]avihāravāsinā
munivar[illegible]ā bhadantena
Ācariya-Dhammapālena katā
petavatthusaṃvaṇṇanā samattā 'ti.

A few extracts from the vaṇṇanā are given at the end of the published text.

Besides, I had 3. C[1] and 4. D[1], two Siṃhalese MSS. of the same collection, and 5. B, a Burmese MS. of the Phayre Collection, in the India Office Library. The last three MSS. contain text only.

All my Siṃhalese manuscripts are full of every sort of blunders, and many passages in tho published text remain unfortunately donbtful.

J. M.

St. Petersburg,
December, 1887.

CONTENTS.

I.

THE TEXT.

Peta-vatthu.

NAMO TASSA BHAGAVATO ARAHATO SAMMĀSAMBUDDHASSA.

I. 1.

1. Khettūpamā arahanto dāyakā kassakūpamā
bījūpamaṃ deyyadhammaṃ ogho [1] nibbattate phalaṃ.
2. Oghabījaṃ [2] kasīkhettaṃ petānaṃ dāyakassa ca
taṃ petā paribhuñjanti dātā puññena vaḍḍhati.
3. Idh' eva kusalaṃ katvā pete ca paṭipūjayaṃ [3]
saggañ ca kamati [4] ṭhānaṃ kammaṃ katvāna bhadda-
kan 'ti.

Khettūpamāpetavatthu.

I. 2.

1. Kāyo te sabbasovaṇṇo sabbā obhāsate disā
mukhaṃ te sūkarass' eva kiṃ kammam akarī [5] pure 'ti.
2. Kāyena saññato āsiṃ vācāyāsiṃ asaññato
tena me tādiso vaṇṇo yathā passasi Nāradā 'ti.
3. Tan ty āhaṃ Nārada brūmi sāmaṃ diṭṭham idaṃ tayā
mākāsi mukhasā pāpaṃ mā kho sūkaramukho ahū 'ti.

Sūkarapetavatthu.

I. 3.

1. * Dibbaṃ subhaṃ dhāresi vaṇṇadhātuṃ, vehāyasaṃ tiṭ-
ṭhasi antalikkhe ;

---

[1] B. etto. [2] B. etaṃ. [3] B. °jiya.
[4] B. gamati. [5] B. akarā.

---

* C[1]. D[1]. omits 1–2.

mukhañ ca te kimiyo pūtigandhaṃ, khadanti kiṃ kammam akāsi pubbe 'ti.

2. Samaṇo ahaṃ pāpo dukkhavāco, tapassīrūpo mukhasā asaññato
laddhā ca me tapasā vaṇṇadhātuṃ, mukhañ ca me pesuṇiyena pūtīti.

3. Tayidaṃ tayā Nārada sāmaṃ diṭṭhaṃ, anukampakā yo kusalā vadeyyuṃ
mā pesunaṃ mā ca musā abhāṇi, yakkho tuvaṃ hohisi kāmakāmīti.

Pūtimukhapetavatthu.

I. 4.

1. Yaṃ kiñcārammaṇaṃ katvā dajjā dānaṃ amaccharī
pubbe pete ca ārabbha atha vā vatthudevatā.

2. Cattāro ca mahārāje lokapāle yasassine
Kuveraṃ Dhataraṭṭhañ ca Virūpakkhañ ca Virūḷhakaṃ
tam eva pūjitā honti dāyakā ca anipphalā.

3. Na hi ruṇṇaṃ 'va soko vā yā caññā paridevanā
na taṃ petassa atthāya evaṃ tiṭṭhanti ñātayo.

4. Ayañ ca kho dakkhiṇā dinnā saṃghamhi suppatiṭṭhitā
dīgharattaṃ hitāy' assa ṭhānaso upakappatīti.

Piṭṭhadhītalikapetavatthu.

I. 5.

1. Tiro kuḍḍesu tiṭṭhanti saṃdhisiṅghāṭakesu ca
dvārabāhāsu tiṭṭhanti āgantvāna sakaṃ gharaṃ.

2. Pahūte annapānamhi khajjabhojje upaṭṭhite
na tesaṃ koci sarati sattānaṃ kammapaccayā.

3. Evaṃ dadanti ñātīnaṃ ye honti anukampakā
suciṃ paṇītaṃ kālena kappiyaṃ pānabhojanaṃ
idaṃ vo ñātīnaṃ hotu sukhitā hontu ñātayo.

4. Te ca tattha samāgantvā ñātipetā samāgatā
pahūte annapānamhi sakkaccaṃ anumodare.

5. Ciraṃ jīvantu no ñātī yesaṃ hetu labhāmase
ambhākañ ca katā pūjā dāyakā ca anipphalā.

6. Na hi tattha kasī atthi gorakkh' etta[1] na vijjati
vaṇijjā tādisī n'atthi hiraññena kayakkayaṃ.
7. Ito dinnena yāpenti petā kālakatā[*] tahiṃ
unname udakaṃ vuṭṭhaṃ yathā ninnaṃ pavattati
evam eva ito dinnaṃ petānaṃ upakappati.
8. Yathā vārivahā pūrā paripūrenti sāgaraṃ
evam eva ito dinnaṃ petānaṃ upakappati.
9. adāsi me akāsi me ñātimittā sakhā ca me
petānaṃ dakkhiṇā dajjā pubbe katam anussaraṃ.
10. Na hi ruṇṇaṃ vā soko vā yā c'aññā paridevanā
na taṃ petānam atthāya evaṃ tiṭṭhanti ñātayo.
11. Ayañ ca kho dakkhiṇā dinnā saṃghamhi suppatiṭṭhitā
dīgharattaṃ hitāy' assa ṭhānaso upakappati.
12. So ñātidhammo ca ayaṃ nidassito, petānaṃ pūjā ca katā uḷārā
balañ ca bhikkhūnam anuppadinnaṃ, tumhehi puññaṃ pasutaṃ anappakan 'ti.

Tirokuḍḍapetavatthu.

I. 6.

1. Naggā dubbaṇṇarūpāsi duggandhā pūti vāyasi
makkhikāparikiṇṇā 'va kā nu tvaṃ idha tiṭṭhasīti.
2. Ahaṃ bhaddante[2] petī 'mhi duggatā Yamalokikā
pāpakammaṃ karitvāna petalokā ito gatā.
3. Kālena pañca puttāni sāyaṃ pañca punāpare
vijāyitvāna khādāmi te pi na honti me alaṃ.
4. Pariḍayhati dhūmāyati khudāya[3] hadayaṃ mama
pānīyaṃ na labhe pātuṃ passa maṃ vyasanaṃ gatan 'ti.
5. Kin nu kāyena vācāya manasā dukkaṭaṃ kataṃ
kissa kammavipākena puttamaṃsāni khādasīti.

---

[1] B. gorakkh' etthe na. [2] B. bhaddante. [3] B. khuddāya.

---

[*] C. D. kila gatā 'ti vā pāṭho.

6. Sapatī[1] me gabbhinī āsi tassā pāpaṃ acetayiṃ
sāhaṃ paduṭṭhamanasā akariṃ gabbhapātanaṃ.
7. Tassā dvemāsiko gabbho lohitañ ñeva paggharī
tad'assā mātā kupitā mayhaṃ ñātī samānayi.
8. Sapathañ ca maṃ kāresi[2] paribhāsāpayi ca maṃ
sāhaṃ ghorañ ca sapathaṃ musāvādaṃ abhāsissaṃ.
9. Puttamaṃsāni khādāmi sapathañ[3] ca kataṃ mayā
tassa kammavipākena[4] musāvādassa c'ūbhayaṃ
puttamaṃsāni khādāmi pubbalohitamakkhikā'ti.

Pañcaputtakhadakapetavatthu.

I. 7.

1. Naggā dubbaṇṇarūpāsi duggandhā pūti vāyasi
makkhikāhi parikiṇṇā kā nu tvaṃ idha tiṭṭhasīti.
2. Ahaṃ bhante petī'mhi duggatā Yamalokikā
pāpakammaṃ karitvāna petalokaṃ ito gatā.
3. Kālena satta puttāni sāyaṃ satta punāpare
vijāyitvāna khādāmi te pi na honti me alaṃ.
4. Pariḍayhati dhūmāyati khudāya hadayaṃ mama
nibbutiṃ nādhigacchāmi aggidaḍḍh' eva ātape 'ti.
5. Kin nu kāyena vācāya manasā dukkaṭaṃ kataṃ
kissa kammavipākena puttamaṃsāni khādasīti.
6. Ahu mayhaṃ duve puttā ubho sampattayobbanā
sāhaṃ puttabalupetā sāmikaṃ atimaññasiṃ.
7. Tato me sāmiko kuddho sapatiṃ aññam ānayi
sā ca gabbhaṃ alabbhittha tassā pāpaṃ acetayiṃ.
8. Sāhaṃ paduṭṭhamanasā akariṃ gabbhapātanaṃ
tassā temāsiko gabbho pūtilohitako pati.
9. tad' assā mātā kupitā mayhaṃ ñātī samānayi
sapathaṃ ca maṃ kāresi paribhāsāpesi ca maṃ
sāhaṃ ghorañ ca sapathaṃ musāvādaṃ abhāsissaṃ.[5]

---

[1] B. °tti. [2] B. akāresi. [3] B. c'etaṃ ma ka°.
[4] B. kammassa. [5] C. °sisaṃ.

10. puttamamsāni khādāmi sacetaṃ pakataṃ mayā
tassa kammavipākena musāvādassa c'ūbhayaṃ
puttamaṃsāni khādāmi pubbalohitamakkhikā 'ti.

Sattaputtakhādakapetavatthu.

I. 8.

1. Kin nu ummattarūpo 'va lāyitvā haritaṃ tiṇaṃ
khāda khādā 'ti lapasi gatasattaṃ jaraggavaṃ.
2. Na hi annena pānena mato goṇo samuṭṭhahe
tvaṃ'si bālo ca dummedho yathā t' aññ' eva dummatīti.
3. Ime pādā imaṃ sīsaṃ ayaṃ kāyo savāladhi
nettā tath 'eva tiṭṭhanti ayaṃ goṇo samuṭṭhahe.
4. N'ayyakassa hatthapādā kāyo sīsañ ca dissati
rudaṃ mattikathūpasmiṃ nanu tvañ ñeva dummatīti.
5. Ādittaṃ vata maṃ santaṃ ghatasittaṃ 'va[1] pāvakaṃ
vārinā viya osiñci sabbaṃ nibbāpaye daraṃ.
6. Abbūḷhaṃ vata me sallaṃ sokaṃ hadayanissitaṃ
yo me sokaparetassa pitusokaṃ apānudi.
7. Sv āhaṃ abbūḷhasallo smiṃ sītibhūto smi nibbuto
na socāmi na rodāmi tañ ca[2] sutvāna māṇava.
8. Evaṃ karonti sappaññā ye honti anukampakā
vinivattayanti[3] sokamhā Sujāto pitaraṃ yathā 'ti.

Goṇapetavatthu.

I. 9.

1. *Gūthañ ca muttaṃ rudhirañ ca pubbaṃ, paribhuñjati kissa ayaṃ vipāko
ayaṃ nu kho kiṃ kammam akāsi nārī, yā ca sabbadā lohitapubbabhakkhā.
2. Navāni vatthāni subhāni c'eva, mudūni suddhāni ca lomasāni
dinnāni missā kiṭakā 'va bhavanti, ayaṃ nu kiṃ kammam akāsi nārīti.

---

[1] B. vā. [2] B. tava. [3] B. vinivattanti.

* C[1]. D[1]. omits 1–2.

3. Bhariyā mam'esā ahu bhaddante, adāyikā maccharinī kadariyā
sā mam dadantam samaṇabrāhmaṇānam, akkosati paribhāsati ca.
4. Gūthañ ca muttam ruhirañ ca pubbam, paribhuñja tvam asucim sabbakālam
etan te paralokasmim hotu, vatthā ca te kiṭakā[1] bhavanti
etādisam duccaritam caritvā, idhāgatā ciramrattāya[2] khādatīti.

Mahāpesakārapetavatthu.

I. 10.

1. Kā nu anto vimānasmim tiṭṭhantī na upanikkhami
upanikkhamassu bhadde tvam passāma tam mahiddhikan'ti.
2. Aṭṭiyāmi harāyāmi naggā nikkhamitum bahi
kesehi 'amhi paṭicchannā puññam me appakam katan 'ti.
3. Hand' uttarīyam dāmi te imam dussam nivāsaya
imam dussam nivāsetvā bahi nikkhama sobhane
upanikkhamassu bhadde passāma tam mahiddhikan 'ti.
4. Hatthena hatthe te dinnam na mayham upakappati
es' ettha 'upāsako saddho sammāsambuddhasāvako.
5. Etam acchādayitvāna mama dakkhiṇam ādisa
tadāham sukhitā hessam sabbakāmasamiddhinīti.
6. Tañ ca te nahāpayitvāna vilimpitvāna vāṇijā
vatthehi acchādayitvāna tassā dakkhiṇam ādisum.
7. samanantarānudiṭṭhe vipāko upapajjatha
bhojanacchādanapānīyam dakkhiṇāya idam phalam.
8. Tato suddhā sucivasanā kāsikuttamadhārinī
hasantī vimānā nikkhami dakkhiṇāya idam phalan 'ti.
9. Sucittarūpam ruciram vimānam te ca bhāsati
devate pucchitācikkha kissa kammass' idam phalan 'ti.

---

[1] B. kiṭakasamā. [2] B. cira-atthāya.

10. Bhikkhuno caramānassa doṇinimmiñjanaṃ [1] ahaṃ
adāsiṃ ujubhūtassa vippasannena cetasā.
11. Tassa kammassa kusalassa vipākaṃ dīgham antaraṃ
anubhomi vimānasmiṃ tañ ca dāni parittakaṃ.
12. Uddhañ catūhi māsehi kālakiriyā bhavissati
ekantaṃ kaṭukaṃ ghoraṃ niray' ūpapatiss' ahaṃ.
13. Catukaṇṇaṃ catudvāraṃ vibhattaṃ bhāgas omitaṃ
ayopākārapariyantaṃ ayasā paṭikujjitaṃ.
14. Tassa ayomayā bhūmi jalitā tejasāyutā
samantā yojanasataṃ pharitvā tiṭṭhati sabbadā.
15. Tatthāhaṃ dīgham addhānaṃ dukkhaṃ vedissaṃ vedanaṃ
phalañ ca pāpakammassa tasmā socāmidaṃbhūtan 'ti.

Khalātyapetavatthu.

I. 11.

1. * Purato 'va setena paleti hatthinā, majjhe pana assatarīrathena.
pacchā 'va [2] kaññā sivikāyaṃ niyyāti, obhāsayantī dasa sabbato disā.
2. Tumhe muggarahatthapāṇino,[3] rudammukhā bhinnapabhinnagattā [4]
manussabhūtā kim akattha pāpaṃ, yena aññamaññassa [5] pivātha [6] lohitaṃ.
3. Purato 'va yo gacchati kuñjarena, setena nāgena catukkamena
ambhākaṃ putto ahu so [7] jeṭṭhako, dānāni [8] datvāna sukhiṃ pamodati.

---

[1] B. nimujjāni.—C. nimijjanaṃ. [2] B. ca.
[3] D. °hatthe. [4] C. D.—B. chinnapabhinna°.
[5] B. yena 'ñña°. [6] C. D. pipātha.
[7] C[1]. yo.—D[1]. om.—C. ambhākaṃ putto āhu jeṭṭhako so.
[8] C.—D. C[1]. D[1]. nānāni.

---

* C[1]. D[1]. om. 1–2.

4. Yo so majjhe assatarīrathena, catubbhi yuttena suvaggitena
ambākaṃ putto ahu majjhimo so, amacchari dānapati virocati.

5. Yā sā pacchā sivikāya niyyāti dārī,* sapaññā migamandalocanā[1]
ambākaṃ dhītā ahu sā kaniṭṭhā, bhāgaḍḍhabhāgena sukhī pamodati.

6. Ete ca dānāni adaṃsu pubbe, pasannacittā samaṇabrāhmaṇānaṃ
mayaṃ pana maccharino ahumhā, paribhāsakā samaṇabrāhmaṇānaṃ
ete padatvā[2] paricārayanti, mayaṃ ca[3] sussāma naḷo 'va ditto[4] 'ti.

7. Kiṃ tumhākaṃ bhojanaṃ kis sayanaṃ,[5] kathaṃ su[6] yāpetha supāpadhammino
pahūtabhogesu anappakesu, sukhaṃ virāgāya dukkh' ajja pattā 'ti.

8. Aññamaññaṃ vadhitvāna pivāma pubbalohitaṃ
bahuṃ pitvā na dātā[7] homa nacchādimhamhaso[8] mayaṃ.

9. Icc eva maccā[9] paridevayanti adāyikā[10] pecca[11] Yamassa ṭhāyino
ye[12] te viviccā[13] adhigamma bhoge na bhuñjare nāpi karonti puññaṃ.

10. Te khuppipāsupagatā parattha petā[14] ciraṃ ghāyire[15] ḍayhamānā

---

[1] B.—C. D. C[1]. D[1]. maṇḍa°. [2] B. ca datvā.
[3] B. C.—D. C[1]. D[1]. mayañ cā.
[4] B. chinno.—C. dhinno.—D. C[1]. D[1]. dinno.
[5] D[1]. sāyānaṃ.—B. kiṃ sāyanaṃ. [6] B. ca.
[7] C[1]. D[1].—B. dhātā. [8] B. ruccārimhase. [9] B. paccā.
[10] C[1]. D[1]. adāsikā. [11] B. maccharino. [12] C[1]. ete.
[13] B. viriccā. [14] B. paccbā. [15] B. jhāyire.

---

* B. nārī.

kammāni katvāna[1] dukkhandriyāni anubhonti dukkhaṃ katukapphalāni[2]

11. Ittaraṃ[3] hi dhanadhaññaṃ ittaraṃ[3] idha jīvitaṃ
ittaraṃ[3] ittarato[4] ñatvā dīpaṃ kayirātha[5] paṇḍito.

12. Ye te evaṃ pajānanti narā dhammassa kovidā
te dānaṃ na ppamajjanti sutvā arahataṃ vaco 'ti.

Nāgapetavatthu.

I. 12.

1. Urago 'va tacaṃ jiṇṇaṃ hitvā gacchati san tanuṃ
evaṃ sarīre nibbhoge pete kālakate sati.
2. Ḍayhamāno na jānāti ñātīnaṃ paridevitaṃ
tasmā evaṃ[6] na socāmi gato[7] so tassa yā gatīti.
3. Anabbhito tato agā[8] nānuññāto ito gato
yathāgato tathāgato tattha kā paridevanā.
4. Ḍayhamāno na jānāti ñātīnaṃ paridevitaṃ
tasmā evaṃ na rodāmi gato[9] so tassa yā gatīti.
5. Sace rode kisā assaṃ tattha me kiṃ phalaṃ siyā
ñātimittāsuhajjānaṃ bhiyyo no arati siyā.
6. Ḍayhamāno na jānāti ñātīnaṃ paridevitaṃ[10]
tasmā evaṃ na rodāmi gato so tassa yā gatīti.
7. Yathā pi darako candaṃ gacchantaṃ anurodati
evaṃ sampadam ev' etaṃ yo petaṃ anusocati.
8. Ḍayhamāno na jānāti ñātīnaṃ paridevitaṃ
tasmā evaṃ na rodāmi gato so tassa yā gatīti.
9. Yathā pi brahme udakumbho bhinno appaṭisaṃdhiyo
evaṃ sampadam' ev' etaṃ yo petaṃ anusocati.
10. Ḍayhamāno na jānāti ñātīnaṃ paridevitaṃ
tasmā evaṃ na rodāmi gato so tassa yā gatīti.

Uragapetavatthu.[11]

Uragavaggo paṭhamo.

---

[1] B. katvā. [2] B.—C[1]. D[1]. °lā 'ti. [3] B. itaraṃ.
[4] B. itārato. [5] B. kariyātha. [6] B. etaṃ.
[7] B. D.—C. C[1]. D. tato. [8] B. anijjhiṭṭho tato āgā.
[9] B. C. C[1]. D[1].—D. tato. [10] B. paridevanaṃ.
[11] B. adds: dvādasamaṃ.—C[1]. D[1]. uragavaggassa vatthu.—C[1]. °vaṇṇanā.

II. 1.

1. Naggā dubbaṇṇarūpāsi kisā dhamanisaṃṭhitā [1]
uppāsulike [2] kisike kā nu tvaṃ idha tiṭṭhasīti.
2. Ahaṃ bhante [3] petī 'mhi duggatā Yamalokikā
pāpakammaṃ karitvāna petalokaṃ ito gatā 'ti.
3. Kin nu kāyena vācāya manasā dukkaṭaṃ kataṃ
kissa kammavipākena petalokaṃ ito gatā 'ti.
4. *Anukampakā mayhaṃ nāhesuṃ bhante
pitā mātā ca atha vāpi ñātakā [4]
ye maṃ niyojeyyuṃ [5] dadāhi dānaṃ
pasannacittā samaṇabrāhmaṇānaṃ.
5. Ito ahaṃ vassasatāni pañca
yaṃ evarūpā vicarāmi naggā
khudāya [6] taṇhāya 'va khajjamānā
pāpassa kammassa phalaṃ mama yidaṃ. [7]
6. Vandāmi taṃ ayya pasannacittā
anukampa maṃ dhīra [8] mahānubhāva [9]
datvā ca me ādissa yāhi kiñci
mocehi maṃ duggatiyā bhaddante [10] hi. [11]
7. Sādhū 'ti so tassā paṭisuṇitvā Sāriputto anukampako
bhikkhūnaṃ ālopaṃ datvā pāṇimattañ ca colakaṃ.
8. Thālakassa ca pānīyaṃ tassā dakkhiṇaṃ ādisī
samanantarā anudiṭṭhe vipāko upapajjatha. [12]
9. Bhojanacchādanapānīyaṃ dakkhiṇāya idaṃ phalaṃ
tato suddhā sucivasanā [13] kāsikuttamadhāriṇī
vicittavatthābharaṇā Sāriputtaṃ upasaṃkamīti.
10. Abhikkantena vaṇṇena yā tvaṃ tiṭṭhasi devate
obhāsenti disā sabbā osadhī viya tārakā.

---

[1] B. °santata. [2] B. uppāsuḷhike. [3] B. bhaddante.
[4] C. D. °tikā. [5] B. niyyo°. [6] B. °ddāya.
[7] B. mamedaṃ. [8] B. vīra. [9] B. °vaṃ.
[10] B., C. D., C[1]. D[1]. °dante. [11] B. om. [12] B. uda°.
[13] B.—C. C[1]. D. D[1]. suni.°

---

* B. C. D.—C[1]. D[1]. om. 4.

11. Kena te tādiso vaṇṇo kena te idha-m-ijjhati [1]
uppajjanti ca te bhogā ye keci manaso piyā.
12. Pucchāmi taṃ devi mahānubhāve manussabhūtā kiṃ akāsi puññaṃ
kenāsi evaṃjalitānubhāvā vaṇṇo ca te sabbadisā pabhāsatīti.
13. Upakaṇḍakiṃ [2] kisaṃ chātaṃ naggaṃ [3] appaṭicchaviṃ
muni kāruṇiko loke taṃ maṃ dakkhasi [4] tvaṃ duggataṃ.
14. Bhikkhūnaṃ ālopaṃ datvā pāṇimattañ ca colakaṃ
thālakassa ca pānīyaṃ mama dakkhiṇaṃ ādisi.
15. Ālopassa phalaṃ passa bhattaṃ vassasataṃ dasa
bhuñjāmi kāmakāminī anekarasavyañjanaṃ.
16. Pāṇimattassa colassa vipākaṃ passa yādisaṃ
yāvatā Nandarājassa vijitasmiṃ paṭicchadā.
17. Tato bahutarā bhante vatthāni [5] 'cchādanāni me
koseyyakambalīyāni [6] khomakappāsikāni ca.
18. Vipulā ca mahagghā ca te p' ākāss [7] 'va lambare
sāhaṃ taṃ paridahāmi yaṃ yaṃ hi manaso piyaṃ.
19. Thālakassa ca pānīyaṃ vipākaṃ passa yādisaṃ
gambhirā caturassā ca pokkharaññā sunimmitā.
20. Setodakā supatitthā ca sītā appaṭigandhiyā
padumuppalasaṃchannā vārikiñjakkhapūritā.
21. Sāhaṃ ramāmi kīḷāmi modāmi akutobhayā
muniṃ kāruṇikaṃ lokaṃ [8] bhante vandituṃ āgatā 'ti.

Saṃsāramocakapetavatthu.

II. 2.

1. Naggā . . . (= II. 1. 1.)
2. Ahan te sakiyā mātā pubbe aññesu jātīsu
uppannā pettivisayaṃ [9] khuppipāsāsamappitā.

---

[1] D. icchati. [2] B. uppaṇḍukiṃ. [3] B. nagga samnṭita cchaviṃ. [4] B. adakkhi. [5] B. vattāna°. [6] B. kosseyyāni. [7] B. te cākāse'. [8] B. loke. [9] B. pitti°.—C. peti°.

3. Chadditaṃ khipitaṃ khelaṃ siṅghāṇikaṃ silesumaṃ
vasañ ca ḍayhamānānaṃ vijātānañ ca lohitaṃ.
4. Vaṇitānañ [1] ca yaṃ ghānasīsacchinnañ ca lohitaṃ
khudāparetā bhuñjāmi [2] itthipurisanissitaṃ.
5. Pubbalohitaṃ bhakkhāmi pasūnaṃ mānusānañ ca
alenā anagārā ca nīla[3]mañcaparāyanā.
6. Dehi puttaka me dānaṃ datvā uddisāhi [4] me
app' eva nāma muñceyyaṃ pubbalohitabhojanā 'ti.
7. Mātuyā vacanaṃ sutvā Upatisso 'nukampako
āmantayī Moggallānaṃ Anuruddhañ ca Kappinaṃ.
8. Catasso kuṭiyo katvā saṃghe catuddise adā
kuṭiyo annapānañ ca mātu dakkhiṇam ādisi.
9. Samanantarā anudiṭṭhe vipāko upapajjatha
bhojanaṃ pānīyaṃ vatthaṃ dakkhiṇāya idaṃ phalaṃ.
10. Tato . . . (=II. 1. 9, *c. d. e.*) Kolikaṃ upasaṃkamīti.
11. 12. 13. . . . (=II. 1. 10, 11, 12.)*

Sāriputtattherassa mātupetīvatthu.

II. 3.

1. Naggā . . . (=II. 1. 1.)
2. Ahaṃ Mattā tuvaṃ [5] Tissā sapaṭī te pure ahuṃ
pāpakammaṃ karitvāna petalokam ito gatā ti.
3. Kin nu kāyena vācāya manasā dukkaṭaṃ kataṃ
kissa kammavipākena petalokam ito gatā 'ti.
4. Caṇḍī ca pharusā cāsiṃ issukī [6] maccharī saṭhī [7]
tāhaṃ duruttaṃ vatvāna petalokam ito gatā 'ti.

---

[1] B. °kānañ. [2] B. bhuñjissaṃ. [3] B. nilla°.
[4] B. anvādi°. [5] D. tvaṃ.
[6] B. D.—C[1]. D[1]. ussukī. [7] B. saṭhā.

---

* B. adds:
Sāriputtassa dānena modāmi akutobhayā
muniṃ kāruṇikaṃ loke taṃ bhaddante vanditum
āgatā 'ti.

5. Sabbam [1] aham pi jānāmi yathā tvam candikā ahu
aññam ca kho tam [2] pucchāmi kenāsi pamsukuṭṭhitā.[3]
6. Sīsam nahātā tuvam āsi sucivatthā alamkatā
aham ca kho tam adhimattam samalamkatarā tayā.
7. Tassā me pekkhamānāya sāmikena samantayi [4]
tato me issā vipulā kodho me samujāyatha.
8. Tato pamsu [5] gahetvāna pamsunā tam pi [6] okiri
tassa kammavipākena ten' amhi pamsukuṭṭhitā.[3]
9. Sabbam aham pi jānāmi pamsunā mam tvam okiri
aññañ ca kho tam pucchāmi kena khajjāsi kacchuyā.
10. Bhesajjahārī ubhayo vanantam agamimhase [7]
tvañ ca bhesajjam āhāsi [8] ahañ ca kapikacchuno.[9]
11. Tassā te ajānamānāya seyyam ty āham samokiri
tassa kammavipākena tena khajjāmi kacchuyā.
12. Sabbam aham pi jānāmi seyyam me tvam samokiri
aññañ ca kho tam pucchāmi kenāsi naggiyā tuvam.
13. Sahāyānam samayo āsi ñātīnam samitim ahu
tvañ ca āmantitā āsi sasāmī no ca kho aham.
14. Tassā te ajānamānāya dussam ty āham apānudim
tassa kammavipākena ten' amhi naggiyā aham.
15. Sabbam aham pi jānāmi dussam me tvam apānudi
aññañ ca kho tam pucchāmi kenāsi gūthagandhinī.
16. Tava gandhañ ca mālañ ca paccagghañ ca vilepanam
gūthakūpe [10] athāresim [11] tam pāpam pakatam mayā.
17. Tassa kammavipākena ten' amhi gūthagandhinī
sabbam aham pi jānāmi tam pāpam pakatam tayā.
18. Aññañ ca kho tam pucchāmi kenāsi duggatā tuvam
ubhinnam samakam āsi yam gehe vijjate dhanam.
19. Santesu deyyadhammesu dīpam nākāsim attano
tassa kammavipākena ten' amhi duggatā aham.

---

[1] B. saccam. [2] B. D. D[1]. C.—C[1]. tvam.
[3] B. °kuṇṭhitā. [4] B. āma°. [5] B. °sum.
[6] C[1]. hi.—B. tam vikiri 'ham. [7] C[1]. D[1]. ahami°.
[8] B. āhāri. [9] B. kahi.°
[10] C. gūthe.—B. gūdha°. [11] B. adhāresi.

20. Tad eva maṃ tvaṃ avaca pāpakammaṃ nisevasi
na hi pāpehi kammehi sulabhā hosi [1] suggatiṃ.
21. Vāmato maṃ tvaṃ paccesi atho pi maṃ usuyyasi [2]
passa pāpānaṃ kammānaṃ vipāko hoti yādiso.
22. Te gharadāsiyo āsuṃ tān' svābharaṇān' ime
te aññe [3] parivārenti na bhogā honti sassatā.
23. Idāni bhūtassa pitā āpaṇā gehaṃ ehiti [4]
app' eva te dade kiñci mā su tāva ito agā.
24. Naggā dubbaṇṇarūpāmhi kisā dhamanisaṃthitā
kopīnam etaṃ itthīnaṃ mā maṃ bhūtapitāddasa.
25. Handa kin t' [5] āhaṃ dammi kiṃ vā ca [6] te karomi 'haṃ
yena tvaṃ sukhitā assa sabbakāmasamiddhinī.
26. Cattāro bhikkhū saṃghato [7] cattāro pana puggalā
aṭṭha bhikkhū bhojayitvā mama dakkhiṇam ādisi [8]
tadāhaṃ sukhitā hessaṃ sabbakāmasamiddhinī.
27. Sādhū 'ti sā paṭisutvā bhojayitvā aṭṭha bhikkhavo
vatthehi cchādayitvāna tassā dakkhiṇam ādisi.
28. Samanantarā . . . (II. 1. 8, c. etc.)
29. Tato sudhā . . . (II. 1. 9, c. etc.) sapatiṃ upasaṃkami.
30. 31. 32. (= II. 1. 10, 11, 12.)
33. Ahaṃ Mattā tuvaṃ Tissā sapatī [9] te pure ahuṃ
pāpakammaṃ karitvāna petalokam ito gatā.
34. Tava dānena dinnena modāmi akutobhayā
ciraṃ jīvāhi bhagini saha sabbehi ñātibhi.
35. Asokaṃ virajaṃ ṭhānaṃ āvāsaṃ Vasavattīnaṃ
idha dhammaṃ caritvāna dānaṃ datvāna sobhane.
36. Vineyya maccheramalaṃ samūlaṃ
aninditā saggam upesi ṭhānan 'ti.

Mattāpetīvatthu.

---

[1] B. hoti. [2] B. ussu°.—C. nyyasi.
[3] B. adds: ca. [4] B.—C[1]. D[1]. ehite.
[5] B. kiṃ 'va ty āhaṃ. [6] B. vāda.
[7] B. bhikkhunī saṃghe. [8] B. °sa.
[9] B. sapatti.

II. 4.

1. Kālī dubbaṇṇarūpāsi pharusā bhīrudassanā
piṅgalāsi kalārāsi na taṃ maññāmi mānusin 'ti.
2. Ahaṃ Nandā Nandasena bhariyā te pure ahuṃ
pāpakammaṃ karitvāna petalokam ito gatā 'ti.
3. Kin nu kāyena (= II. 1. 3.)
4.* Caṇḍapharusavācā tayidhāsiṃ[1] agāravā
tāhaṃ duruttaṃ vatvāna petalokam ito gatā 'ti.
5. Hand' uttarīyaṃ dadāmi te imaṃ dussaṃ nivāsaya
imaṃ dussaṃ nivāsetvā ehi nessāmi taṃ gharaṃ.
6.[2] Vatthañ ca annapānañ ca lacchasi tvaṃ gharaṃ gatā
putte ca te passissasi sūtisāye [3] ca dakkhasi.
7. Hatthena hatthe te dinnaṃ na mayhaṃ upakappati
bhikkhū ca sīlasampanne vītarāge bahussute.
8. Tappehi annapānena mamaṃ dakkhiṇam ādisi
tadāhaṃ sukhitā hessaṃ sabbakāmasamiddhinīti.
9. Tato sādhū 'ti so paṭisuṇitvā dānaṃ vipulam ākiri [4]
annaṃ pānam khādanīyaṃ vatthaṃ senāsanāni ca.
10. Chattaṃ gandhañ ca mālañ ca vividhāni [5] upāhanā
bhikkhū ca sīlasampanne vītarāge bahussute.
11. Tappetvā annapānena tassā dakkhiṇam ādisīti.
12. Samanantarānudiṭṭhe (II. 1. 8, c, 9, a, b).
13. (= II. 1. 9, c.) sāmikaṃ upasaṃkamīti.
14. 15. 16. (= II. 1. 10, 11, 12.)
17. (= II. 4. 2.)
18. (= II. 3. 34, a, b.)
ciraṃ jīva gahapati saha sabbehi ñātīhi.

---

[1] B. tayi cāpi.

[2] B.—C[1]. D[1]. om.—C. D. only: tattha annañ ca pānañ ca putte sūtisāye dakkhasīti.

[3] B. sāṇisāro. [4] C[1]. ākāri. [5] B. °dhā ca.

---

* C[1]. D[1]. om.—B. caṇḍi ca pharusā cāsi.—C. athassa sā.—D. athassā sā.

19. (= II. 3. 35, *a, b, c.*) dānaṃ datvāna gahapati.
20. (= II. 3. 36.)

Nandāpetavatthu.

II. 5.

1. Alaṃkato Maṭṭakuṇḍalīti . . .

Maṭṭakuṇḍalipetavatthu.*

II. 6.

1. Uṭṭhehi Kaṇhe kī sesi ko attho supinena te
yo ca tuyhaṃ sako bhātā hadayaṃ cakkhuñ ca dakkhiṇaṃ
tassa vātā haliyanti[1] Ghaṭo jappati Kesavā 'ti.
2. Tassa taṃ vacanaṃ sutvā Rohiṇeyyassa Kesavo
taramānarūpo vuṭṭhāyi[2] bhātu sokena addhito 'ti.
3. Kin nu ummattarūpo 'va kevalaṃ Dvārakaṃ imaṃ
saso saso 'ti lapasi kīdisaṃ sasam icchasi.
4. Sovaṇṇamayaṃ maṇimayaṃ lohamayaṃ atha rūpimayaṃ
saṅkhasilāpavāḷamayaṃ kārayissāmi te sasaṃ.
5. Santī aññe pi sasakā araññavanagocarā
te pi te anayissāmi kīdisaṃ sasam icchasīti.
6. Nāhaṃ me te sase icche ye sasā paṭhavīnissitā
candato sasam icchāmi taṃ me ohara Kesavā 'ti.
7. So nanda[3] madhuraṃ ñāti jīvitaṃ vijahissasi
apatthayaṃ patthayasi candato sasam icchasīti.

---

[1] B. vāta pha°.—C¹. D¹. bhātā.
[2] B. °si.
[3] B. nuna.

---

* C¹. D¹. om.—B. Maṭṭhakuṇḍalipetīvatthu pañcamaṃ.—C. D. tattha yaṃ vattabbaṃ Paramatthadīpaniyaṃ Vimānavatthuvaṇṇanāyaṃ Maṭṭakuṇḍalivimānavatthuvaṇṇanāyaṃ vuttaṃ tasmā tattha 'vuttanayen' eva veditabbaṃ.—See Vimāna-vatthu lxxxiii.

8.* Evañ ce [1] Kaṇha jānāsi yath' aññam anusāsasi
kasmā puro matam [2] puttaṃ ajāpi [3] m' anusocasīti.
9. Yo na [4] labbhā manussena amanussena vā pana
jāto me mā marī putto kuto labbhā alabbhiyam.
10. Na [5] mantā mūlabhesajjā osadhehi dhanena vā
sakkā ānayituṃ Kaṇha yaṃ petam anusocasīti.
11. Mahaddhanā mahābhogā raṭṭhavanto pi khattiyā
pahūtadhanadhaññāso[6] te pi no ajarāmarā.
12. Khattiyā brāhmaṇā vessā suddā caṇḍālapukkusā
ete maññe ca jātiyā [7] te pi no ajarāmarā.
13. Ye mantaṃ taṃ [8] parivattenti [9] chaḷaṅgaṃ brahma-
cintitaṃ
eto maññe [10] ca vijjāya te pi no ajarāmarā.
14. Isayo vā pi ye santā saññatattā tapassino
sarīraṃ te pi kālena vijahanti tapassino.
15. Bhāvitattā viharantā katakiccā anāsavā
nikkhipanti imaṃ dehaṃ puññapāpaparikkhayā 'ti.
16. Ādittam vata maṃ [11] santaṃ ghatasittaṃ 'va pāvakaṃ
vārinā viya osiñci sabbaṃ nibbāpaye daraṃ.
17. Abbūḷhaṃ vata me sallaṃ sokaṃ hadayanissitaṃ
yo me sokaparetassa puttasokaṃ apānudī.
18. So'haṃ abbūḷhasallo 'smi sītibhūto 'smi nibbuto
na socāmi na rodāmi tava sutvāna bhāsitaṃ.
19. Evaṃ karonti sappaññā ye honti anukampakā
vinivattayati [12] sokamhā Ghato jeṭṭhaṃ 'va bhātaraṃ.
20. Yassa etādisā honti amattaparicārikā [13]
subhāsitena anvesi [14] Ghato jeṭṭhaṃ 'va bhātaraṃ.

Kaṇhapetavatthu.

---

[1] B. ca. [2] B. petam. [3] B. ajjāpi. [4] B. na taṃ.
[5] B. C.—D. C[1]. D[1]. nāmanā. [6] B. ss.
[7] B.—C[1]. D[1]. jātiññā. [8] B. om. [9] B.—C[1]. D[1]. °ttanti.
[10] C. c' aññe. [11] C. me. [12] B. nivattayanti.
[13] B. amaccā.—C[1]. °ntā. [14] B. anventi.

---

* C[1]. D[1]. om.

II. 7.

1. Naggo dubbaṇṇarūpo si kiso dhamanisaṃṭhito
uppḥāsuliko kisiko ko nu tvam asi mārisā 'ti.
2. Ahaṃ bhadante peto 'mhi duggato Yamalokiko
pāpakammaṃ karitvāna petalokam ito gato 'ti.
3. Kin nu kāyena vācāya manasā dukkaṭaṃ kataṃ
kissa kammavipākena petalokam ito gato 'ti.
4. Nagaraṃ atthi Dasaṇṇānaṃ Erakacchan 'ti vissutaṃ
tattha seṭṭhī pure āsiṃ Dhanapālo 'ti maṃ vidu.
5. Asīti sakaṭavāhānaṃ [1] hiraññassa ahosi me
pahūtaṃ me jātarūpaṃ muttāveḷuriyā bahū.
6. Tāva mahādhanassāmi [2] na me dātuṃ piyaṃ [3] ahu
pidahitvā dvāraṃ bhuñjāmi mā maṃ yācanakāddasuṃ.
7. Assaddho maccharī vāsiṃ [4] kadariyo paribhāsako
dadantānaṃ karontānaṃ vārayissaṃ [5] bahujanaṃ.
8. Vipāko natthi dānassa saṃyamassa kuto phalaṃ
pokkharaññodapānāni ārāmāni ca ropite
papāyo ca vināsesiṃ dugge saṃkamanāni ca.
9. Sv āhaṃ akatakalyāṇo katapāpo tato cuto
uppanno petavisayaṃ [6] khuppipāsasamappito
pañcapaṇṇāsavassāni tato kālaṃkato ahaṃ.
10. Nābhijānāmi bhuttaṃ vā pītaṃ vā pāniyaṃ
yo saṃyamo so [7] vināso yo vināso so saṃyamo
*petā hi kira [8] jānanti so [9] saṃyamo so vināso.
11. Ahaṃ pure saṃyamissam [10] nādāsiṃ bahuke dhane
santesu deyyadhammesu dīpaṃ nākāsim attano.
12. Sv āham pacchānutappāmi attakammaphalupeto [11]
uddhaṃ catūhi māsehi kālakiriyā bhavissati.

---

[1] C. °hanaṃ. [2] B. °pi. [3] C.[1] D.[1] viyaṃ. [4] B. cāpi. [5] B. vāyarissaṃ bahujjanaṃ. [6] B. pitti°. [7] B.—C[1]. D[1]. adds: saṃyamo so. [8] C. D. tirā. [9] B. yo. [10] B.—C[1]. D[1]. °yamassaṃ. [11] B. °pago.

---

* C[1]. D[1]. om.

13. Ekantaṃ kaṭukaṃ ghoraṃ nirayaṃ papatiss' ahaṃ [1]
catukaṇṇaṃ catudvāraṃ vibhattaṃ bhāgaso mitaṃ
ayopākārapariyantaṃ ayasā paṭikujjitaṃ.
14. Tassa ayomayā bhūmi jalitā tejasā yutā
samantā yojanasataṃ pharitvā tiṭṭhati sabbadā.
15. Tatthāhaṃ dīghamaddhānaṃ dukkhaṃ vedissa vedanaṃ
phalaṃ pāpassa kammassa tasmā socām' ahabbhusaṃ.
16. Taṃ vo vadāmi bhaddaṃ vo [2] yāvant' ettha samāgatā
mā kattha pāpakaṃ kammaṃ āviṃ vā yadi vā raho.
17. Sace taṃ pāpakaṃ kammaṃ karissatha karotha vā
na vo [3] dukkhā pamutt' atthi upaccāpi [4] palāyitaṃ
18. Matteyyā [5] hotha petteyyā kule [6] jeṭṭhāpacāyikā
sāmaññā hotha brahmaññā evaṃ saggaṃ gamissathā 'ti
19. *Na antalikkhe na samuddamajjhe
na pabbatānaṃ vivaraṃ [7] pavissa
na vijjati so chagatippadeso
yattha ṭhito muñceyya pāpakammā 'ti.

Dhanapālapetavatthu.

II. 8.

1. Naggo kiso pabbajito si bhante rattiṃ kuhiṃ gacchasi kissa hetu
ācikkha me taṃ api sakkunemu sabbena vittaṃ paṭipādaye tuvan 'ti.
2. Bārāṇasinagaraṃ dūraghuṭṭhaṃ tatthāhaṃ gahapati aḍḍhako [8] dīno
adātā gathitamano āmisasmiṃ dussīlena [9] Yamavisayamhi patto.

---

[1] B. °assāhaṃ. [2] B. °dan te. [3] B. te.
[4] B. upaccāpi pāteyataṃ.
[5] C[1]. D[1].—C. B. me°—D. matteyyo. [6] B. adds: ca.
[7] D[1]. adds: na. [8] B. ahu dinno. [9] B. dussilyena.

---

* B. C. D. om.

3. So sūcikāya kilamito tehi ten' eva ñātīsu yāmi āmisakiñcihetu
adānasīlā na ca saddahanti dānaphalaṃ hoti paramhi loke.
4. Dhītā ca mayhaṃ lapate [1] abhikkhaṇaṃ dassāmi dānaṃ pitunnaṃ pitāmahānaṃ
upakkhataṃ [2] parivisayanti brāhmaṇā yāmi 'haṃ Andhakāvindaṃ bhottun 'tīti.[3]
5. Tam avoca rājā tavaṃ anubhaviyāna taṃ hi [4]
eyyāsi khippaṃ aham pi karissa [5] pūjaṃ
ācikkha me taṃ yadi atthi hetu
saddhāyitaṃ hetuvaho [6] suṇoma.
6. Tathā 'ti vatvā agamāsi tattha bhuñjiṃsu bhattaṃ na pana [7] dakkhiṇārahā
pacchā gamī Rājagahaṃ punāparaṃ pāturahosi purato janādhipassa.
7. Disvāna petaṃ punar eva [8] āgataṃ rājā avoca aham pi kiṃ dadāmi
ācikkha me taṃ yadi atthi hetu yena tvaṃ [9] ciratarаṃ pīṇito siyā.
8. Buddhaṃ ca saṃghaṃ parivisayāna rāja annena pānena pi cīvarena
taṃ dakkhiṇaṃ ādisa me hitāya evaṃ ahaṃ ciratarаṃ pīṇito siyā.
9. Tato ca rājā nipatitvā [10] tāvad eva dānaṃ sahatthā atulañ ca daditvā [11]
saṃghe ārocayi pakatiṃ [12] tathāgatassa [13] petassa padakkhiṇaṃ ādisittha.
10. So pūjito ativiyasobhamāno pāturahosi purato janādhipassa
yakkho 'ham asmiṃ paramiddhipatto na mayham iddhisamasadisā manussā.

---

[1] B. labhate.—C[1]. lapapatte.
[2] B. adds: tam upa°.—D[1]: upe°. [3] C. D. C[2]. D[2].
[4] B. pi. [5] B. karessaṃ. [6] B. °vaco. [7] B. ca.
[8] B. punad eva. [9] B. tuvaṃ. [10] B. parivisayitvā.
[11] B. datvā. [12] B. om. [13] B. adds: tassa.

11. Passānubhāvaṃ aparimitaṃ mamay idaṃ
tayānusiṭṭhaṃ atulaṃ daditvā saṃghe
saṃtappito satataṃ sadā bahūhi
yāmi ahaṃ sukhito manussadevā 'ti.

Cūḷaseṭṭhīpetavatthu.

II. 9.

1. Yassa atthāya gacchāma Kambojaṃ dhanahārakā
ayaṃ kāmadado yakkho imaṃ yakkhaṃ niyāmase.
2. Imaṃ yakkhaṃ gahetvāna sādhukena pasayha [1] vā
yānaṃ āropayitvāna khippaṃ gacchāma Dvārakan 'ti.
3. Yassa rukkhassa chāyāya nisīdeyya sayeyya vā
na tassa sākhaṃ bhañjeyya mittadubbho hi pāpako 'ti.
4. Yassa rukkhassa chāyāya nisīdeyya sayeyya vā
khandam pi tassa chindeyya attho ce tādiso [2] siyā 'ti.
5. Yassa rukkhassa chāyāya nisīdeyya sayeyya vā
na tassa pattaṃ bhindeyya [3] mittadubbho hi pāpako 'ti.
6. Yassa rukkhassa chāyāya nisīdeyya sayeyya vā
samūlaṃ [4] pi taṃ [5] abbuyha [6] attho p' [7] etādiso siyā' ti.
7. Yass' ekarattim hi ghare vaseyya, yattha [8] 'nnapānaṃ
puriso labhetha
na tassa pāpaṃ manasāpi cetaye, [9] kataññutā sappurisehi
vaṇṇitā.
8. Yass' ekarattim pi ghare vaseyya, annena [10] pānena
upaṭṭhito siyā
na tassa pāpaṃ mānasāpi cetaye, [9] adubbhapāṇī [11] da-
hate mittadubbhiṃ.
9. Yo pubbe katakalyāṇo [12] pacchā pāpena hiṃsati
allapāṇihato [13] poso na so bhadrāni passatīti.

---

[1] B. paseyha. [2] C. B.—C[1]. D[1]. D. tātiso. [3] B. hiṃseyya.
[4] B. °lakaṃ. [5] B. oṃ. [6] C. abbhuyha. [7] B. ce.
[8] B. yassa. [9] B. cintaye. [10] B. tatthanna°.
[11] B. adubbhi°. [12] B.—D[1]. D.—C[1]. C. °ṇe. [13] B. adubbhi.

10. *Yo appaduṭṭhassa narassa dussati, suddhassa posassa anaṅganassa
tam eva bālaṃ pacceti pāpaṃ, sukhumo rajo pativātaṃ 'va khitto 'ti.

11. Nāhaṃ devena vā manussena vā, issariyena vāhaṃ suppasayho [1]
yakkho 'ham asmi paramiddhipatto, dūraṃgamo vaṇṇabalupapanno 'ti.

12. Pāṇi te sabbasovaṇṇo pañcadhāro madhussavo
nānārasā paggharanti maññe 'haṃ taṃ Purimdadaṃ.

13. N'amhi devo na gandhabbo na pi Sakko Purimdado
petaṃ Aṅkura jānāhi Bheruvambā [2] idhāgataṃ.[3]

14. Kiṃ sīlo kiṃ samācāro Bheruvasmiṃ [2] pure tuvaṃ
kena te brahmacariyena puññaṃ pāṇimhi ijjhati.

15. Tantavāyo [4] pure āsiṃ Bheruvasmiṃ tadā ahaṃ
sukicchavutti kapaṇo na me vijjati [5] dātave.

16. Āvesanañ ca me āsi Asayhassa upantike
saddhassa dānapatino katapuññassa lajjino.

17. Tattha yācanakā yanti nānāgottā vanibbakā
te ca maṃ tattha pucchanti Asayhassa nivesanaṃ.

18. Tattha [6] gacchāmi bhaddaṃ vo kattha dānaṃ padīyati
tenāhaṃ [7] puṭṭho vakkhāmi [8] Asayhassa nivesanaṃ:

19. Paggayha dakkhiṇaṃ bāhuṃ ettha gacchatha bhaddaṃ vo
ettha dānaṃ padīyati tena pāṇi kāmadado
tena pāṇi madhussavo tena me brahmacariyena
puññaṃ pāṇimhi ijjhati.

20. Na kira tvaṃ adā dānaṃ sakapāṇīhi kassaci
parassa dānaṃ anumodamāno pāṇiṃ paggayha pāvadi.[9]

21. Tena pāṇi kāmadado tena pāṇi madhussavo
tena me brahmacariyena puññaṃ pāṇimhi ijjhati.

---

[1] B. appa°. [2] B. Rorūvambā.—C[1]. Bhera°. [3] B. ito gataṃ. [4] B. thunnaṃ. [5] C. D[1].—D. C[1]. vijjhati. [6] B. kattha. [7] B. tesāhaṃ. [8] C. C[1]. akkhāmi. [9] D[1]. pāvādi.

---

* B. om.

22. Yo so dānam adā bhante pasanno sakapāṇīhi
so hitvā mānusaṃ dehaṃ kiṃ nu so disataṃ gato.

23. Nāhaṃ jānāmi asayhasāhino[1] Aṅgīrasassa gatiṃ[2] āgatiṃ vā
sutaṃ ca me Vessavaṇassasantike Sakkassa sahavyatam gato Asayho.

24. Alam eva kātuṃ kalyāṇaṃ dānaṃ dātuṃ yathārahaṃ
pāṇi kāmadadaṃ disvā ko puññaṃ na karissati.

25. So hi nuna ito gantvā anuppatvāna Dvārakaṃ
dānaṃ (taṃ) paṭṭhāpayissāmi[3] yaṃ mam' assa sukhāvahaṃ.

26. Dassāmi annapānañ ca vatthasenāsanāni ca
papañ ca udapānañ ca dugge saṃkamanāni cā 'ti.

27. Kena te aṅgulī kuṇḍā mukhañ ca kuṇḍalīkataṃ
akkhīni ca paggharanti kiṃ pāpaṃ pakataṃ tayā 'ti.

28. Aṅgīrasassa gahapatino saddhassa gharam esino
tassāhaṃ dānavissagge dāne[4] adhikato ahu.

29. Tattha yācanake disvā āgate bhojanatthike[5]
ekamantaṃ apakkamma akāsiṃ kuṇḍalīmukhaṃ.

30. Tena me aṅgulī kuṇḍā mukhañ ca kuṇḍalīkataṃ
akkhīni ca paggharanti taṃ pāpaṃ pakataṃ mayā 'ti.

31. Dhammena te kāpurisa mukhañ ca kuṇḍalīkataṃ
akkhīni ca paggharanti yaṃ tvaṃ parassa dānassa akāsi kuṇḍalīmukhan 'ti.

32. Kathaṃ hi dānaṃ dadamāno kareyya parapattiyaṃ
annapānaṃ khādanīyaṃ vatthasenāsanāni cā 'ti.

33. So hi nuna ito gantvā anuppatvāna Dvārakaṃ
dānaṃ paṭṭhāpayissāmi yaṃ mam' assa sukhāvahaṃ.

34. Dassām' annañ ca pānañ ca vatthaṃ senāsanāni ca
Papañ ca udapānañ ca dugge ca saṃkamanāni cā 'ti.

35. Tato hi so nivattitvā anuppatvāna Dvārakaṃ
dānaṃ paṭṭhayi[6] Aṅkuro yaṃ tam assa sukhāvahaṃ.

---

[1] B. °ssa seṭṭhino.—C^1. D^1. °vā°. [2] B. gati cāgatiṃ.
[3] B. patthapayissāmi.—C^1. D^1. pati°. [4] B. dānaṃ.
[5] B. C. D.—C^1. D^1. °ntike.
[6] C^1. D^1. pattayi.—B. paṭṭhapayi' ṅkuro.

36. Adā annañ ca pānañ ca vatthasenāsanāni ca
papañ ca udapānañ ca vippasannena cetasā.
37. Ko chāto ko ca[1] tasito ko vatthaṃ parivassati[2]
kassa santāni yoggāni ito yojentu vāhanaṃ.
38. Ko chatt' icchati gandhañ ca ko mālaṃ ko upāhanaṃ
iti su[3] tattha ghosenti kappakā sūdamāgadhā[4]
sadā sāyañ ca pāto ca Aṅkurassa nivesane 'ti.
39. Sukhaṃ supati Aṅkuro iti jānāti maṃ jano
dukkhaṃ supāmi Sindhaka[5] yaṃ na passāmi yācake.
40. Sukhaṃ supati Aṅkuro iti jānāti maṃ jano
dukkhaṃ Sindhaka supāmi appake su vanibbake.
41. Sakko ce te varaṃ dajjā Tāvatiṃsānam issaro
kissa sabbassa lokassa varamāno varaṃ vare 'ti.
42. Sakko ce me varaṃ dajjā Tāvatiṃsānam issaro
kāluṭṭhitassa me sato suriyass' uggamanaṃ pati.
43. Dibbā bhakkhā pātubhaveyyuṃ sīlavanto ca yācakā
dadato me na khīyetha datvā nānutappeyyāhaṃ
dadaṃ cittaṃ pasādeyya evaṃ Sakkavaraṃ vare 'ti.
44. Na sabbavittāni pare pavecche[6], dadeyya dānañ ca
dhānañ ca rakkhe
tasmā hi dānā dhanam eva seyyo, atippadānena kulā
na honti.
45. Adānam atidānañ ca na pasaṃsanti paṇḍitā
tasmā hi dānā dhanam eva seyyo, samena vatteyya sa
dhīradhammo 'ti.
46. Aho vatāre aham eva dajjaṃ, santo hi[7] maṃ sappurisā
bhajeyyaṃ
megho 'va ninnāni hi pūrayanto, saṃtappaye sabba-
vanibbakānaṃ.
47. Yassa yācanake disvā mukhavaṇṇo pasīdati
datvā attamano hoti taṃ gharaṃ vasato sukhaṃ.
48. Yassa yācanake disvā mukhavaṇṇo pasīdati
datvā attamano hoti esā puññassa[8] saṃpadā.

---

[1] B.—C[1]. D[1]. om.
[2] B. paridahissati.
[3] B. santa.—C[1]. D[1]. ssa.
[4] B. sudā pāṭavā.
[5] B. sinduke.
[6] B. saṃvacche.
[7] B. dadanto ca.
[8] B. yaññassa.

49. Pubbo va dānā sumano dadaṃ cittaṃ pasādeyya
datvā attamano hoti eso puññassa sampadā.
50. Saṭṭhi vāhasahassāni Aṅkurassa nivesane
bhojanaṃ dīyate niccaṃ puññapekkhassa jantuno.
51. Jānā tisahassā[1] sūdā āmuttamaṇikuṇḍalā
Aṅkuraṃ upajīvanti dāne yaññassa pāvaṭā.
52. Saṭṭhi purisasahassāni[2] āmuttamaṇikuṇḍalā
Aṅkurassa mahādāne kaṭṭhaṃ phālenti māṇavā.
53. Soḷasitthisahassāni sabbālaṃkārabhūsitā
Aṅkurassa mahādāne vidhā piṇḍenti nāriyo.
54. Soḷasitthisahassāni sabbālaṃkārabhūsitā
Aṅkurassa mahādāne dabbigāhā upaṭṭhitā.
55. Bahuṃ bahūnaṃ pādāsi ciraṃ pādāsi khattiyo
sakkaccaṃ ca sahatthā vittiṃ[3] katvā punappunaṃ.
56. Bahumāse pakkhe ca utusaṃvaccharāni ca
mahādānaṃ pavattesi Aṅkuro dīghaṃ antaraṃ.
57. Evaṃ datvā yajitvā ca Aṅkuro dīghaṃ antaraṃ
hitvā mānusaṃ dehaṃ Tāvatiṃsūpago ahū 'ti.
58. Kaṭacchubhikkhaṃ datvāna Anuruddhassa Indako
so hitvā mānusaṃ dehaṃ Tāvatiṃsūpago ahu.
59. Dasahi ṭhānehi Aṅkuraṃ Indako atirocati
rūpe sadde rase gandhe poṭṭhabbe ca manorame.
60. Āyunā yasasā c'eva vaṇṇena ca sukhena ca
ādhipaccena Aṅkuraṃ Indako atirocatīti.
61. Mahādānaṃ tayā dinnaṃ Aṅkura dīghaṃ antaraṃ
avidūre nisinno 'si āgaccha mama santike 'ti.
62. Tāvatiṃse yadā buddho silāyaṃ paṇḍukambale
pāricchattakamūlamhi vihāsi purisuttamo.
63. Dasasu lokadhātūsu saṃnipatitvāna devatā
payirupāsanti[4] sambuddhaṃ vasantaṃ nagamuddhani.
64. Na ko ci devo vaṇṇena sambuddhaṃ atirocati
sabbe deve adhigayha[5] sambuddho 'va virocati.

---

[1] B. °ssāni sudaniṃ. [2] B. purisa°.
[3] C[k]. D[r]. pīti.—B. vitti. [4] B. parirū°.
[5] B. atikkama.

65. Yojanāni dasa c' eva[1] Aṅkuro 'yaṃ tadā ahu
avidūre ca buddhassa Indako atirocati.
66. Oloketvāna sambuddho Aṅkurañ cāpi Indakaṃ
dakkhiṇeyyaṃ pabhāvento[2] idaṃ vacanam abrūvi.
67. Mahādānaṃ tayā dinnaṃ Aṅkura dīgham antaraṃ
atidūre[3] nisinno si āgaccha mama santikaṃ.
68. Codito bhāvitattena[4] Aṅkuro idam abruvi
kiṃ mayhaṃ tena dānena dakkhiṇeyyena suññataṃ.[5]
69. Ayaṃ so Indako yakkho dajjā dānam parittakaṃ
atirocati amhehi cando tāragaṇe yathā.
70. Ujjhaṅgale yathā khette bījaṃ bahukaṃ pi ropitaṃ
na vipulaṃ na phalaṃ[6] hoti na pi[7] toseti kassakaṃ.
71. Tath' eva dānaṃ bahukam dussīlesu patiṭṭhitaṃ
na vipulaṃ na phalaṃ[6] hoti na hi toseti dāyake.
72. Yathā pi bhaddake khette bījaṃ appaṃ viropitaṃ
sammādhāraṃ pavecchante phalaṃ toseti kassake.
73. Tath' eva sīlavantesu guṇavantesu tādīsu
appakaṃ pi kataṃ kāraṃ puññaṃ hoti mahapphalan 'ti.
74. Viceyya dānaṃ dātabbaṃ yattha dinnaṃ mahapphalaṃ
viceyya dānaṃ datvāna saggaṃ gacchanti dāyakā.
75. Viceyya dānaṃ sugatappasatthaṃ ye dakkhiṇeyyā idha jīvaloke
etesu dinnāni mahapphalāni bījāni vuttāni yathā sukhette 'ti.

Aṅkurapetavatthu.

II. 10.

1. Divā vihāragataṃ bhikkhuṃ Gaṅgātīre nisinnakaṃ
taṃ petī upasaṃkamma dubbaṇṇabhīrudassanā.
2. Kesā c'assā atidīghā yāva bhummāvalambare
kesehi sā paṭicchannā samaṇaṃ etad abruvīti.

---

[1] B. dve ca. [2] B. sambhā°. [3] B. suvi°.
[4] B. °tthena. [5] B., C. D. — C[1]. D[1]. sa°.
[6] B. na vipulaphalaṃ. [7] B. nāpi.

3. Pañcapaṇṇāsavassāni yato kālakatā ahaṃ
nābhijānāmi bhuttaṃ vā pītaṃ vā pānīyaṃ
dehi tvaṃ [1] pānīyaṃ bhante tasitā pānīyāya me' ti.
4. Ayaṃ sītodakā Gaṅgā Himavantato sandati
piva etto gahetvāna kiṃ maṃ yācasi pānīyaṃ.
5. Sacāhaṃ bhante Gaṅgāyaṃ sayaṃ gaṇhāmi pānīyaṃ
lohitaṃ me parivattati tasmā yācāmi pānīyaṃ.
6. Kin nu kāyena vācāya manasā dukkaṭaṃ kataṃ
kissa kammavipākena Gaṅgā te hoti lohitaṃ.
7. *Putto me bhante Uttaro [2] saddho āsi upāsako
so ca mayhaṃ [3] akāmāya samaṇānaṃ pavecchati [4]
cīvaraṃ piṇḍapātañ ca paccayaṃ sayanāsanaṃ.
8. Tam ahaṃ paribhāsāmi maccherena upaddutā
yan taṃ [5] mayhaṃ akāmāya samaṇānaṃ pavecchasi.
9. Cīvaraṃ piṇḍapātañ ca paccayaṃ sayanāsanaṃ
etan te paralokasmiṃ lohitaṃ hotu Uttara
tassa kammavipākena Gaṅgā me hoti lohitan 'ti.

Uttaramātupetavatthu.

II. 11.

1. Ahaṃ pure pabbajitassa bhikkhuno suttaṃ
adāsi upagamma yācitā [6] tassa
vipāko vipulaṃ phal [7] 'ūpalabbhati
bahū [8] ca me uppajjare vatthakoṭiyo.
2. Pupphābhikiṇṇaṃ ramitaṃ [9] vimānaṃ
anekacittaṃ naranārīsevitaṃ [10]
sāhaṃ bhuñjāmi ca pārupāmi ca
pahūtavittā na ca tāva khīyati.

[1] B. me. [2] C. D. adds: nāma. [3] B. mayam. [4] B. pavacchati. [5] B. tvaṃ. [6] B. °to. [7] B. phalam. [8] B. bahukā. [9] B. rammam idaṃ. [10] B. °nārīhi se°.

* C[1]. D[1]. om.

3. Tass' eva kammassa vipākam auvayā
sukhañ ca sātañ ca idh' ūpalabbhati
sāham gantvā punam eva mānusaia
kāhāmi puññāui nay' [1] ayyaputta man 'ti.

4. Satta [2] tuvaṃ vassasatā idhāgatā
jiaṇā ca vuḍḍhā ca tahiṃ bhavissasi
sabho ca ts kālaṃkatā 'va ñātakā
tvaṃ tattha gantvāna ito karissasīti.

5. Satt' eva vassāni idhāgatāya me
dibbañ ca sukbañ ca samappitāya
sāham gantvā punar sva mānusaṃ
kāhāmi puññāni nay' ayyaputta man 'ti.

6. So taṃ gahetvāna pasayha hāhāyaṃ
paccāaayitvāna punar eva theriṃ suduhbalaṃ
vajjesi aññaṃ pi janam idhāgataṃ
karotba puññāni sukh' ūpalahhhatīti.

7. Diṭṭhā mayā akatena sādhunā
petā vihaññanti tath' eva mānusā
kammañ ca katvā sukhavedanīyaṃ
dovā manussā ca sukhs ṭhitā pajā 'ti.

Suttapetavatthu.

II. 12.

1. Sovaṇṇasopānaphalakā sovaṇṇavālukasaṃṭhitā
tattha sogandhiyo vaggū sucigandhā manoramā.

2. Nāaārukkhehi saṃchannā nānāgandhasamīritā [3]
nānāpadamasaṃchannā puṇḍarīkasaṃāgatā. [4]

3. Surabhī sampavāyanti manuññā māluteritā
haṅsakoñcābhirudā [5] cakkavākābhikujitā.

4. Nānādijaganakiṇaā nānāsaragaaayutā [6]
nānāphaladharā rukkhā nānāphaladharā vanā.

---

[1] D. naye.   [2] D[1]. sattam.   [3] B. samerita.

[4] B. °samohatā.   [5] B. adds: ca.   [6] B. °rutā.

5. Na manussesu īdisaṃ nagaraṃ yādisaṃ idaṃ
pāsādā ca bahukā tuyhaṃ sovaṇṇarūpiyamayā.
6. Daddallamānā ābhenti samantā caturo disā
pañca-dāsīsatā tuyhaṃ yā temā paricārikā.
7. Tā kambukāyūradharā kañcanācelabhūsitā
pallaṅkā bahukā tuyhaṃ sovaṇṇaruciyāmayā.
8. Kadalīmigasaṃchannā saṃjāto[1] goṇakasaṃṭhitā
yattha tuvaṃ[2] vāsūpagatā sabbakāmasamiddhinī.
9. Sampattāya[3] aḍḍharattāya tato uṭṭhāya gacchasi
uyyānabhūmiṃ gantvāna pokkharaññā samantato.
10. Tassā tīre tuvaṃ[4] ṭhāsi harite saddale subhe
tato te kaṇṇamuṇḍo ca sunakho aṅgamaṅgāni khādati.
11. Yadā ca khāyitā āsi aṭṭhisaṃkhalikā katā
ogāhasi pokkharaṇiṃ hoti kāyo yathā pure.
12. Tato tvaṃ uggacchantī[5] sucārū[6] piyadassanā
vatthena pārupitvāna āyāsi mama santikaṃ.
13. Kin nu kāyena vācāya manasā dukkaṭaṃ kataṃ
kissa kammavipākena kaṇṇamuṇḍo ca sunakho
aṅgamaṅgāni khādatīti.
14. Kimbilāyaṃ[7] gahapati saddho āsi upāsako
tassāhaṃ bhariyā āsi dussīlā aticārinī
evam[8] aticaramānāya sāmiko etad abruvi.
15. n' etaṃ channaṃ[9] paṭirūpaṃ yaṃ tvaṃ aticarāsi maṃ
sāhaṃ ghoraṃ ca sapathaṃ musāvādaṃ[10] abhāsissaṃ.[11]
16. Nāhan taṃ aticarāmi kāyena uda cetasā
sacāhan taṃ aticarāmi kāyena uda cetasā.
17. Ayaṃ kaṇṇamuṇḍo sunakho aṅgamaṅgāni khādatu
tassa kammassa vipākaṃ musāvādassa c' ūbhayaṃ.
18. Sattavassasatāni ca[12] anubhūtaṃ yato pi[13] me
kaṇṇamuṇḍo ca sunakho aṅgamaṅgāni khādatīti.

---

[1] B. sajjā goṇakasandhatā. [2] B. tvaṃ.
[3] B. adds: te saṃ°. [4] D. tvaṃ. [5] B. aṅgapaccaṅgī.
[6] B. sūcā.—C[1]. D[1]. saccāru. [7] B. Kimilāya.
[8] B. so maṃ. [9] B. adds: n' etaṃ.
[10] B. adds: ca. [11] D[1]. °si 'haṃ.—C. °saṃ.
[12] B. om. [13] B. hi.

19. Tvañ ca deva bahūpakāro atthāya me idhāgato
sumuttāhaṃ kaṇṇamuṇḍassa asokā akutobhayā.
20. Nāhaṃ deva namassāmi yācāmi añjalīkatā
bhuñja amānuse kāme rama deva mayā sahā 'ti.
21. Bhutvā[1] amānusā kāmā ramito 'mhi tayā saha
tāhaṃ subhage yācāmi khippaṃ paṭinayāhi man 'ti.

Kaṇṇamuṇḍapetavatthu.

II. 13.

1. Ahu rājā Brahmadatto Pañcālānaṃ rathesabho
ahorattānam accayā rājā kālaṃ kari[2] tadā.
2. Tassa āḷāhanaṃ gantvā bhariyā kandati Ubbarī
Brahmadattaṃ apassantī Brahmadattā 'ti kandati.
3. Isi ca tattha āgacchi sampannacaraṇamuni
So ca tattha apucchittha ye tattha su samāgatā.
4. Kassa c'[3] idaṃ āḷāhanaṃ nānāgandhasameritaṃ
kassāyaṃ kandati bhariyā ito dūragataṃ patiṃ
Brahmadattaṃ apassantī Brahmadattā 'ti kandati.
5. Te ca tattha viyākaṃsu ye tattha su samāgatā
Brahmadattassa bhaddan te Brahmadattassa mārisa.
6. Tassa idaṃ āḷāhanaṃ nānāgandhasameritaṃ
tassāyaṃ kandati bhariyā ito dūragataṃ patiṃ
Brahmadattaṃ apassantī Brahmadattā 'ti kandatīti.
7. Chaḷasītisahassāni Brahmadattassa nāmakā
imasmiṃ āḷāhane daḍḍhā tesaṃ kaṃ anusocasīti.
8. *Yo rājā Cūlanīputto Pañcālānaṃ rathesabho
taṃ bhante anusocāmi bhattāraṃ sabbakāmadadan[4] 'ti.
9. Sabbe va 'hesuṃ rājāno Brahmadattassanāmakā[5]
sabbe va Cūlanīputtā Pañcālānaṃ rathesabhā.

---

[1] B. bhuttā. [2] B. akrubbatha. [3] B. om.
[4] B. °kāmadan. [5] B. °sanāmaka.

---

* C[1]. D[1]. om.

10. Sabbesaṃ anupubbena mahesittaṃ akārayi
kasmā purimake hitvā pacchimaṃ anusocasīti.
11. Ātume[1] itthibhūtāya dīgharattāya mārisa
yassā me itthibhūtāya saṃsāre bahu bhāsasīti.
12. Ahu itthī ahu puriso pasuṃ yonim pi agamā
evam etaṃ atītānaṃ pariyanto na dissatīti.
13. Ādittaṃ vata maṃ santaṃ ghatasittaṃ va pāvakaṃ
vārinā viya osiñci sabbaṃ nibbāpaye daraṃ.
14. Abbūḷhaṃ[2] vata me sallaṃ etaṃ[3] hadayanissitaṃ
yo me sokaparetāya patisokaṃ apānudi.
15. Sāhaṃ abbūḷhasallāsmi sītibhūtāsmi nibbutā
na socāmi na rodāmi tava sutvā mahāmunīti.
16. Tassa taṃ vacanaṃ sutvā samaṇassa subhāsitaṃ
pattacīvaram ādāya pabbaji anagāriyaṃ.
17. Sā ca pabbajja-upagatā[4] santā agārasmā anagāriyaṃ
mettaṃ cittaṃ abhāvesi brahmalokupapattiyā.
18. Gāmā gāmaṃ vicarantī nigame rājadhāniyo
Uruvelaṃ nāma so gāmo yattha kālam akubbatha.
19. Mettacittaṃ abhāvetvā[5] brahmalokupapattiyā
itthicittaṃ virājetvā brahmalokupagā ahū 'ti.

Ubbarīpetavatthu.

Ubbarīvaggo dutiyo.

III. 1.

1. Abhijjamāne vārimhi Gaṅgāya idha gacchasi
naggo pubbaddhapeto va mālādhārī alaṃkato
kuhiṃ gamissasi[6] petaṃ kattha vāso bhavissatīti.
2. Cundaṭṭhiyaṃ[7] gamissāmi peto so[8] iti bhāsesi[9]
antare Vāsabhagāmaṃ Bārāṇasiyā santike.

---

[1] B. āhu me. [2] B., C[1]. D[1]. abbuyhaṃ.
[3] B. sokaṃ. [4] B. pabbajjitā. [5] B. ābhā°.
[6] B. °ti peto. [7] B. °ṭṭhilaṃ. [8] D. yo. [9] B. °ti.

3. Tañ ca disvā mahāmatto Koliyo iti vissuto
sattubhattañ ca petassa pītakañ ca yugaṃ adā.
4. Nāvāya tiṭṭhamānāya kappakassa adāpayi
kappakassa padinnamhi [1] ṭhāne petassa dissatha.
5. Tato suvatthavasano mālādhārī alaṃkato
ṭhāne ṭhit'assa petassa dakkhiṇā upakappatha
tasmā dajjetha petānaṃ anukampāya punappunan 'ti.
6. Sāhunnavāsino [2] eke aññe kesanivāsino
petā bhattāya [3] gacchanti pakkamanti diso disaṃ.
7. Dūre eke [4] padhāvitvā aladdhā ca nivattare
chātā pamucchitā bhantā bhūmiyaṃ paṭisumbhitā [5]
8. Ke [6] ci tattha ca patitā [7] bhūmiyaṃ paṭisumbhitā
pubbe akatakalyāṇā aggidaḍḍhā va ātape.
9. Mayaṃ pi pubbe pāpadhammā gharaṇiyo kulamātaro
santesu deyyadhammesu dīpaṃ nākamha attano.
10. Pahūtaṃ annapānaṃ hi api su [8] avakirīyati
samāgate pabbajite na ca kiñci adamhaso.
11. Akammakāmā alasā sādhukāmā [9] mahagghasā
ālopapiṇḍadātāro paṭiggahe paribhāsimhase.
12. Te gharā tā va [10] dāsiyo tān' evābharaṇāni no
te aññe parihārenti [11] mayaṃ dukkhassa bhāgino.
13. Veṇiṃ vā avaññā honti rathakārī ca dubbhikā
caṇḍālī kapaṇā honti nahāminī ca punappunaṃ.
14. Yāni yāni nihīnāni kulāni kapaṇāni ca
tesu tesv' eva jāyanti esā maccharino gati.
15. Pubbe ca katakalyāṇā dāyakā vītamaccharā
saggan te paripūrenti obhāsenti [12] ca Nandanaṃ.
16. Vejayante [13] ca pāsāde ramitvā kāmakāmino
uccākulesu jāyanti sabhogesu tato cutā.

---

[1] B. ca dinnamhi. [2] B. sāhunda°. [3] B. attāya.
[4] B. ke. [5] B.—C¹. D¹. °sambhitā. [6] B. te ca.
[7] B. papatitā. [8] B. ssu.
[9] C. C¹. D¹. asāsā°.—D. asādhu. [10] B. only.
[11] B. paricā°. [12] B., C. D.—C¹. D¹. okā°.
[13] B., C. C¹.—D¹. D. vedayanti.

17. Kūṭāgāre ca[1] pāsāde[2] pallaṅke goṇasaṃṭhite[3]
vijitaṅgā morahatthehi kule jātā yasassino.
18. Aṅkato[4] aṅkam[4] gacchanti mālādhāri alaṃkatā
jātiyo upatiṭṭhanti sāyaṃ pātaṃ sukhesino.
19. Nay idaṃ akatapuññānaṃ katapuññānam ev' idaṃ
asokaṃ Nandanaṃ rammaṃ[5] Tidasānaṃ mahāvanaṃ
20. Sukhaṃ akatapuññānaṃ idha natthi parattha ca
sukhañ ca katapuññānaṃ idha c' eva parattha ca.
21. Tesaṃ sahavyakāmānaṃ kattabbaṃ kusalaṃ bahuṃ
katapuññā hi modanti saggo bhogasamaṅgino 'ti.

Abhijjamānapetavatthu.

III. 2.*

1. Kuṇḍinagariyo thero Sānuvāsinivāsino[6]
Poṭṭhapādo 'ti nāmena samaṇo bhāvitindriyo.
2. Tassa mātā pitā bhātā duggatā Yamalokikā
pāpakammaṃ karitvāna petalokaṃ ito gatā.
3. Te duggatā sūcikaṭṭhā kilantā naggino kisā
uttasantā mahātāsā[7] na dassenti kurūrino.[8]
4. Tassa bhātā vitaritvā naggo ekapathe 'kako
catukuṇḍiko bhavitvāna therassa dassayī' tumaṃ.
5. Thero sāmanasikatvā[9] tuṇhībhūto apakkami[10]
so ca viññāpayī thera bhātā petāgato[11] ahaṃ.
6. Mātā pitā[12] ca te bhante, *b. c. d.* = 2. *b. c. d.*
7. = 3.

[1] B., C. D.; C[1]. D[1]. °resu. [2] C[1]. pādesu. [3] B. goṇatthate.
[4] B. aṅga°. [5] B. only. [6] B. Sāna°—°siko.
[7] B. ottapantā mahattāsā. [8] B. kuruddhino.
[9] B. am.° [10] B. ati°. [11] B. petabhūto ahaṃ.
[12] B. pitaro te.

* C[1]. adds from the commentary: Kuṇḍinagariyo thero 'ti ādayo pana ādito pañca gāthā tāsaṃ sambuddhadassanatthaṃ dhammasaṃgāhakehi ṭhapitā.

8. Anukampassu kāruṇiko datvā anvādisāhi[1] no
tava dinnena dānena yāpessanti kurūrino[2] 'ti.
9. Thero caritvā piṇḍāya bhikkhū aññe ca dvādasa
ekajjhaṃ samnipatiṃsu bhattavissattakāraṇā.[3]
10. Thero sabbe pi[4] te āha yathā laddhaṃ dadātha me
saṃghabhattaṃ karissāmi anukampāya ñātīnaṃ.
11. Niyyātayiṃsu[5] therassa thero saṃghaṃ nimantayi
datvā anvādisi thero pitu mātu ca bhātuno.
12. Idaṃ me ñātīnaṃ hotu sukhitā hontu ñātayo
samanantarānudiṭṭhe bhojanaṃ upapajjatha.
13. Suciṃ paṇītaṃ sampannaṃ anekarasavyañjanaṃ
tato uddissati[6] bhātā vaṇṇavā balavā sukhī.
14. Pahūtaṃ bhojanaṃ bhante passa naggāmhase mayaṃ
tathā bhante parakkāma[7] yathā vatthaṃ labhāmase.
15. Thero saṃkārakūṭato uccinitvāna tantake
pilotikaṃ paṭaṃ[8] katvā saṃghe cātuddise adā.
16. Datvā anvādisi thero pitu mātu ca bhātuno
idaṃ me ñātīnaṃ hotu sukhitā hontu ñātayo.
17. Samanantarānudiṭṭhe vatthāni upapajjiṃsu[9]
tato suvatthavasano therassa[10] dassayi' tumam.
18. Vaṇṇavā balavā sukhī yāvatā Nandarājassa
vijitasmiṃ paṭicchādā tato bahutarā bhante.
19. Vatthāni' cchādanāni no koseyyakambalīyāni
khomakappāsīyāni[11] ca vipulā ca mahagghā ca
te cākāse' valambare te mayaṃ paridahāma[12]
yaṃ yaṃ hi[12] manaso piyaṃ
tathā bhante parikkāma yathā gehaṃ labhāmase.
20. Thero paṇṇakuṭiṃ[13] katvā saṃghe cātuddise adā
datvā anvādisi thero pitu mātu ca bhātuno.

---

[1] B. anudi°. [2] B. °ddino. [3] B. vosagga°.
[4] B. va. [5] B. niyyāda°. [6] C. °sati.
[7] C. D¹. C¹. parakkamma. [8] C¹. pavaṭaṃ. [9] B. uda°.
[10] C¹. D¹. padass°.—B. °rass' uddissayituttha maṃ.
[11] B. °kāni. [12] B.—C. C¹. D. D¹. om. pari°, yaṃ hi.
[13] C¹, D¹. °ṭiyaṃ.

21. Idaṃ me ñātīnaṃ hotu sukhitā hontu ñātayo
samanantarānudiṭṭhe gharāni upapajjiṃsu.
22. Kūṭāgārā nivesanā [1] vibhattā bhāgaso mitā
na manussesu īdisā yādisā no gharā idha.
23. Api dibbesu yādisā tādisā no gharā idha
daddallamānā ābhenti [2] samantā caturo disā.
24. Tathā bhante parakkāma yathā pānaṃ labhāmhase
thero karakaṃ [3] pūretvā saṃghe cātuddise adā.
25. Datvā anvādisi thero pitu mātu ca bhātuno
idaṃ me ñātīnaṃ hotu sukhitā hontu ñātayo.
26. Samanantarānudiṭṭhe pānīyaṃ upapajji no [4]
gambhīrā caturassā ca pokkharaññā sunimmitā.[5]
27. Sītūdakā supatitthā ca [6] sītā appaṭigandhiyā [7]
padumuppalasaṃchannā vārikiñjakkhapūritā.
28. Tattha nahatvā pivitvā therassa paṭidassayuṃ
pahūtaṃ pānīyaṃ bhante pāpā dukkhapbalan'ti [8] no.
29. Āhiṇḍamānā khañjāma sakkhare kusakaṇṭake [9]
tathā [10] bhante parakkāma yathā [11] yānaṃ labhāmhase.
30. Thero sipāṭikaṃ [12] laddhā saṃghe cātuddise adā
datvā anvādisi thero pitu mātu ca bhātuno
idaṃ me ñātīnaṃ hotu sukhitā hontu ñātayo.
31. Samanantarānudiṭṭhe petā rathena m-āgamuṃ
anukampitamha [13] bhaddante bhattena chādanena ca.
32. Gharena pānadānena [14] yānadānena c'ūbhayaṃ
munikāruṇikaṃ loke taṃ bhante vanditum āgatā'ti.

Sānuvāsipetavatthu.

---

[1] B. vesā ca. [2] B. ābha°.
[3] B. karaṇaṃ.—C¹. D¹. kāraṃ. [4] B. udapajjatha.
[5] B. °ñño sumāpitā. [6] B. om. [7] C¹. D¹. °eandh°.
[8] B.—C¹. D¹. °jalanti. [9] B. °kaṇḍake.—D. tusa°.
[10] B.—C. D. C¹. D¹. taḍā. [11] B.—C. D. C¹. D¹. yadā.
[12] B. °ṭi°—C¹. D¹. C. D. eidāṭikaṃ—and adds from the Com.: ekapaṭalaṃ upāhanaṃ:
[13] B.—C. C¹. D. D¹. anukampig'aṇha. [14] B. pānīya°.

III. 3.

1. Veḷuriyatthambhaṃ ruciraṃ pabhassaraṃ
vimānam āruyham anokacittaṃ
tatth' acchasi devi mahānubhāve
pathaddhani [1] paṇṇarase va cando.
2. Vaṇṇo ca te kanakassa saṃnibho
uggatarūpo [2] bhusadassanīyo [3]
pallaṅkaseṭṭhe atule nisinnā
ekā tuvaṃ natthi tuyhaṃ sāmiko.
3. Imā ca te pokkharaññā samaṅgato [4]
pahūtamālā bahupuṇḍarīkā
suvaṇṇacuṇṇehi samaṅgamotakā [5]
na tattha paṅko palāko [6] ca vijjati.
4. Haṃsā pi [7] dassanīyā manoramā
udakasmiṃ anupariyanti sabbadā
samayya [8] vaggu [9] panadanti sabbe
vindussarā [10] dundubhīnaṃ va ghoso.
5. Daddallamānā yasasā yasassinī
nāvāya [11] tvaṃ avalamba tiṭṭhasi
āḷāracambe [12] hasite piyaṃvade
sabbaṅgakalyāṇi bhusaṃ virocasi.
6. Idaṃ vimānaṃ virajaṃ same ṭhitaṃ
uyyānavantaṃ [13] ratinandavaḍḍhanaṃ
icchāmi te nāri anomadassane
tayā saha nandane idha modituṃ 'ti.
7. Karohi kammaṃ idha vedanīyaṃ
cittañ ca to idha nītaṃ [14] bhavatu
katvāna kammaṃ idha modanīyaṃ
evaṃ mamaṃ lacchasi kāmakāminin [15] 'ti.

---

[1] B. samantano. [2] B. utta°. [3] B. °neyyo.
[4] B. °ntato. [5] B. samantam otatā. [6] B. paṇṇako.
[7] C. D. adds: me. [8] B. °yā. [9] C[1]. D[1]. vatthu.
[10] C[1]. D. C. viddu.—D[1]. vagu.—B. bindu.
[11] B. adds: ca. [12] B. āḷārasame. [13] B. °vanaṃ.
[14] B. nitañ ca hotu.—C[1]. D[1]. nituṃ. [15] B. °nan 'ti.

8. Sādhū 'ti so tassā paṭisuṇitvā
akāsi kammaṃ sahavedanīyaṃ [1]
katvāna kammaṃ tahiṃ vedanīyaṃ
uppajji māṇavo tassā sahavyatan 'ti.

Rathakārīpetavatthu.

III. 4.

1. Bhusāni eke [2] sālī punāpare
aññā [3] nārī sakamaṃsalohitaṃ
tvañ ca gūthaṃ asuci-akantikaṃ [4]
paribhuñjasi kissa ayaṃ vipāko 'ti.
2. Ayaṃ pure mātaraṃ hiṃsati
ayaṃ pana kūṭavāṇijo
ayaṃ maṃsāni khāditvā musāvādena vañceti.
3. Ahaṃ manussesu manussabhūtā
agāriṇī kulassa issarā
santesu parigūyhemi mā ca [5] kiñci ito adaṃ
musāvādena chādemi natthi etaṃ mama gehe [6]
sace santaṃ [7] nigūyhāmi [8] gūtho me hotu bhojanaṃ.
4. Tassa kammassa vipākena musāvādassa c' ūbhayaṃ
sugandhasālino bhattaṃ gūthaṃ me parivattati.
5. Avajjāni [9] ca kammāni na hi kammaṃ vinassati
duggandhaṃ kimīnaṃ mīḷhaṃ bhuñjāmi ca pivāmi cā 'ti.

Bhusapetavatthu.

III. 5.

1. Acchorarūpaṃ sugatassa ñāṇaṃ
satthā yathā puggalaṃ vyākāsi
ussannapuññā pi bhavanti h'eke [10]
parittapuññā [11] pi bhavanti h'eke [10]
ayaṃ kumāro sīvathikāya chaḍḍito
aṅguṭṭhasnehena yāpesi ratti.

---

[1] B. tahiṃ ve°. [2] B. eko 'paro. [3] B. ayañ ca.
[4] B. akantaṃ. [5] B.—C[1]. D[1]. om. [6] B. iti.
[7] C[1]. °tāni gū°. [8] B. gūhāmi. [9] B. avañcāni.
[10] B. loke. [11] B. °ññān' api.

2. Na yakkhabhūtā na siriṃsapā [1] vā
vibeṭhayeyyuṃ [2] katapuññakumāraṃ
sunakhā pi imassa palahisu [3] pāde
dhaṅkā siṅgālā parivattayanti.
3. Gabbhāsayaṃ pakkhigaṇā haranti
kākā pana akkhimalaṃ haranti
na imassa rakkhaṃ vidahiṃsu keci
na osathaṃ [4] sāsapadhūpanaṃ vā.
4. Nakkhattayogaṃ pi na [5] uggahesuṃ
na sabbadhaññāni pi ākiriṃsu
etādisaṃ uttamakicchapattaṃ [6]
rattābhataṃ sivathikāya chaḍḍitaṃ.
5. Nonītapiṇḍaṃ [7] viya vedhamānaṃ
sasaṃsayaṃ jīvitasāvasesaṃ
tam addasa devamanussapūjito
disvā va taṃ vyākari bhūripañño.
6. Ayaṃ kumāro nagarass' imassa
aggakuliko bhavissati bhogato [8] ca
ki 'ssa vataṃ kiṃ pana brahmacariyaṃ
kissa suciṇṇassa ayaṃ vipāko
etādisaṃ vyasanaṃ pāpuṇitvā
taṃ tādisaṃ paccanubhossati 'ddhin [9] 'ti.
7. Buddhappamukhassa bhikkhusaṃghassa
pūjaṃ akāsi janatā uḷāraṃ
tatrassa cittassa ahu aññathattaṃ
vācaṃ abhāsi pharusaṃ asabbhi
8. So taṃ vitakkaṃ paṭivinodayitvā
pītipasādaṃ paṭiladdhā pacchā
tathāgataṃ Jetavane vasantaṃ
yāguyā upaṭṭhāsi so sattarattaṃ.

---

[1] B. sari°. [2] B. no podhayeyyuṃ. [3] B. °hiṃsu.
[4] B. osadhaṃ—C. usātaṃ—C[1]. D. D[1]. lāsatbaṃ.
[5] B.—C.[1] D.[1] pana. [6] B. parama. [7] B. nava.°
[8] B. °vā. [9] B.—C[1]. D[1]. na.

9. Tassa vatan taṃ pana brahmacariyaṃ
tassa suciṇṇassa ayaṃ vipāko
etādisaṃ vyasanaṃ pāpuṇitvā
taṃ tādisaṃ paccanubhossati 'ddhiṃ.
10. Ṭhatvāna so vassasataṃ idh' eva
sabbehi kāmehi samaṅgibhūto
kāyassa bhedā abhisamparāyaṃ
sahavyataṃ gacchati Vāsavassā 'ti.

Kumārapetavatthu.

III. 6.

1. 2. 3.=II. 1. 1–3.
4. Anavajjesu [1] titthesu viciui aḍḍhamāsakaṃ
santesu deyyadhammesu dīpaṃ nākāsim attano.
5. Nadiṃ upemi tasitā rittakā parivattati
chāyaṃ upemi uṇhesu ātapo parivattati.
6. Aggivaṇṇo ca me vāto ḍahanto upavāyati
etañ ca bhante arahāmi aññañ ca pāpakaṃ tato.
7. gantvāna Hastinīpuraṃ vajjesi mayhaṃ mātaraṃ
dhītā ca te mayā diṭṭhā duggatā Yamalokikā
pāpakammaṃ karitvāna petalokaṃ ito gatā.
8. Atthi ca me ettha nikkhittaṃ anakkhātañ ca taṃ mayā
cattāri satasahassāni pallaṅkassa ca heṭṭhato.
9. Tato me dānaṃ dadātu tassā ca hotu jīvikā
dānaṃ datvā ca me mātā dakkhiṇaṃ anvādissatu me
tadāhaṃ sukhitā hessaṃ sabbakāmasamiddhinīti.
10. Sādhū 'ti so tassā paṭisuṇitvā [2] gantvāna Hastinīpuraṃ
tassā avoca mātaraṃ dhītā etc. = 7c. etc.
11. Sā maṃ tattha samādapesi gantvāna = 7a. etc.
12. = 8.; 13.[*] = 9.

---

[1] B. °tesu. [2] B. °sutvā.

---

[*] B. tato tuvaṃ dānaṃ dehi, tassā ca dakkhiṇām ādisam.

14. Tadāhaṃ sukhitā hessaṃ sabbakāmasamiddhinī
tato hi sā dānam adāsi datvā ca tassā dakkhiṇam ādisi
petī ca sukhitā āsi sarīraṃ * cārudassanīti.

Seriṇīpetavatthu.

III. 7.

1. Naranārīpurakkhato yuvā rajanīye kāmaguṇehi
sobhasi divasaṃ anubhosi kāraṇaṃ kiṃ akāsi purimāya jātiyā 'ti?
2. Ahaṃ Rājagahe ramme ramaṇīye Giribbaje
migaluddo pure āsiṃ [1] lohitapāṇī dāruṇo.
3. Avirodhakaresu pāṇisu puthusantesu padutthamānaso
vicari atidāruṇo sadā parahiṃsāya rato asaṃyato.
4. tassa me sahāyo [2] suhadayo saddho āsi upāsako
so ca [3] maṃ anukampanto nivāresi punappunaṃ.
5. mākāsi pāpakaṃ kammaṃ mā tāta duggatiṃ agā
sa ce icchasi pecca sukhaṃ virama pāṇavadhaṃ asaṃyamaṃ.
6. Tassāhaṃ vacanaṃ sutvā sukhakāmassa hitānukampino
nākāsiṃ sakalānusāsaniṃ cirapāpābhirato abuddhimā.
7. So maṃ puna bhūrisumedhaso anukampāya saṃyame nivesayi
sace divā hanasi pāṇino atha te rattiṃ bhavatu saṃyamo.
8. Sv āhaṃ divā hanitvāna pāṇino virato [4] rattiṃ ahosi saṃyato
rattāhaṃ parihāremi divā khajjāmi duggato.
9. Tassa kammassa kusalassa anubhomi rattiṃ amānusiṃ
divā [5] paṭihatā 'va [6] kukkurā upadhāvanti samantā khāditum.

---

[1] B. adds: luddho. [2] B., C. C[1]. D. D[1]. °ye. [3] B. pi.
[4] B., C[1]. C., D. D[1]. viratā.—B. rattā.
[5] B. divasaṃ. [6] B. om.

---

* B. tassā cāpi sujivikā 'ti.

10. Ye ca te sattānuyogino dhuvaṃ payuttā sugatassa sāsane maññāmi te amatam eva kevalaṃ adhigacchanti padaṃ asaṃkhatan 'ti.

Migaluddapetavatthu.

III. 8.

1. Kūṭāgāre ca pāsāde pallaṅke goṇasaṃṭhite [1]
pañcaṅgikena turiyena ramasi suppavādite.
2. Tato ratyā vivāsanena [2] suriyass 'uggamanaṃ pati
apaviṭṭhe [3] susānasmiṃ bahudukkhaṃ nigacchasi.
3. Kin nu kāyena vācāya manasā dukkaṭaṃ kataṃ
kissa kammavipākena idaṃ dukkhaṃ nigacchasīti.
4. Ahaṃ Rājagahe ramme ramaṇīye Giribbaje
migaluddo [4] pure āsiṃ luddo āsiṃ asaṃyato.
5. tassa me sahāyo suhadayo saddho āsi upāsako
tassa kulupako bhikkhu āsi Gotamasāvako.

6–10 * So pi maṃ = III. 7. 4. *c*, *d*–10.

Dutiyaluddapetavatthu.

III. 9.

1. Mālī kirīṭī ** kāyūrī gattā te candanussadā
pasannamukhavaṇṇo 'si suriyavaṇṇī [5] va sobhasi.
2. Amānusā pārisajjā ye te me parivārikā
dasa kaññāsahassāni yā temā paricārikā.
3. [6] kambukāyūradharā kañcanacelabhūsitā [7]
mahānubhāvo si tuvaṃ lomahaṃsanarūpavā.
4. Piṭṭhimaṃsāni attano sāmaṃ ukkantvā [8] khādasi
kin nu kāyena vācāya manasā dukkaṭaṃ kataṃ.
kissa kammavipākena piṭṭhimaṃsāni attano
sāmaṃ ukkantvā khādasi.

---

[1] B. °kattate. [2] B. vivasāne. [3] B. °ṭṭho.
[4] B. °ddako. [5] B. °ṇṇo. [6] D[1].—C. C[1]. D. kā.
[7] B.—C. C[1]. D. D[1]. katvānā°. [8] B. ukkacca.

---

* C[1]. D[1]. om. ** B.—C. C[1]. D. D[1]. mālāhārīti.

5. Attano' haṃ anatthāya jīvaloke acarisaṃ[1]
pesuññamusāvādena nikativañcanāya ca.
6. Tatthāhaṃ parisaṃ gantvā saccakāle upaṭṭhite
atthaṃ dhammaṃ tiraṃkatvā adhammam anuvatti-
yaṃ.[2]
7. Evaṃ so khādat'[3] attanaṃ yo hoti piṭṭhimaṃsako[4]
yathāhaṃ ajja khādāmi piṭṭhimaṃsāni attano.
8. Tay idaṃ tayā Nārada sāmaṃ diṭṭhaṃ anukampakā ye
kusalā vadeyyuṃ
mā kho si piṭṭhimaṃsako[4] tuvan[5] 'ti.
mā pesunaṃ mā ca musā bhaṇi

Kūṭavinicchayakapetavatthu.

III. 10.

1. Antalikkhasmiṃ tiṭṭhanto duggandho pūti vayasi[6]
mukhañ ca te kimiyo pūtigandhaṃ khādanti.*
2. Kiṃ kammam akāsi pubbe tato[7] satthaṃ gahetvāna
urena kantanti punappunaṃ
khārena[8] paripphositvā okantanti[9] punappunaṃ.
3. Kin nu kāyena = III. 8. 3.
4. Ahaṃ Rājagahe ramme ramaṇīye Giribhaje
issaro dhanadhaññassa supahūtassa mārisa.
5. Tassāyaṃ me bhariyā dhītā ca suṇisā ca me
tamālaṃ uppalañ cāpi paccagghañ ca vilepanaṃ.
6. Thūpaṃ harantiyo vāresiṃ taṃ pāpaṃ pakataṃ mayā
chaḷasītisahassāni mayaṃ paccattavedanā.
7. Thūpapūjaṃ vivaṇṇetvā pacāma niraye bhusaṃ
ye ca kho thūpapūjāya vattante arahato mahe.
8. Ādīnavaṃ pakāsenti vivecayetha no tato
imā ca passa āyantiyo māladhārī alaṃkatā.

---

[1] B. °ssaṃ.—C[1]. D[1]. amā°. [2] B. °ssam.
[3] B. khādi attānaṃ. [4] B. °siko. [5] B. om.
[6] B. °ti. [7] B. tath' osattaṃ.
[8] B. cārena. [9] B. okka°.

---

* B. adds: kiṃ kammaṃ akāsi pubbe.

9. Mālāvipākam anubhontiyo samiddhā tā [1] yasassiniyo
taṅ ca disvāna accheram abbhutam lomahaṃsanaṃ.
10. Namokaronti sappaññā vandanti taṃ mahāmuniṃ
so 'haṃ dāni ito gantvā yoniṃ laddhāna mānusiṃ
thūpapūjaṃ karissāmi appamatto punappunan 'ti.

Dhātuvivaṇṇapetavatthu.

Cūḷavaggo tatiyo.

IV. 1.

1. Vesāli nāma nagar 'atthi Vajjīnaṃ
tattha ahu Licchavi Ambasakkharo
disvāna petaṃ nagarassa bāhiraṃ
tatth' eva pucchittha taṃ kāraṇatthiko.
2. Seyyo nisajjā nay imassa atthi
abhikkamo natthi paṭikkamo vā
asitapītaṃ khāyitavatthabhogā
paricārikā sā pi tam assa natthi.
3. Ye ñātakā diṭṭhasutā suhajjā
anukampakā yassa ahesuṃ pubbe
daṭṭhuṃ pi dāni na te labhanti
virājitatto [2] hi janena tena.
4. *Na duggatassa [3] bhavanti mittā
jahanti mittā vikalaṃ viditvā
atthañ ca disvā parivārayanti [4]
bahū ca [5] mittā uggatassa [6] honti.
5. Nāmattho sabbabhogehi [7]
samakkhito [8] samparibhinnagatto
ussāvavindu va [9] palimpamāno
ajja suve jīvitassa 'parodho.[10]

---

[1] B. ca. [2] B. viraṭṭhi°. [3] B. okkantattassa.
[4] B. paricā°. [5] B. omits. [6] B. uggatatthassa te.
[7] D. °gohi.—B. °ge kicco. [8] B. samma°.
[9] C. adds: ca. [10] B. °ss' upa°.

* C[1]. D[1]. omits.

6. Etādisaṃ uttamakicchapattaṃ
uttāsitaṃ picumandassa[1] sūle
atha tvaṃ kena vaṇṇena vadesi
yakkha jīva bho[2] jīvitam eva seyyo 'ti.
7. Sālohito eso ahosi mayhaṃ
ahaṃ sarāmi purimāya jātiyā
disvā[3] me kāruññaṃ ahosi
rāja mā pāpadhammo nirayaṃ patāyaṃ.
8. Ito cuto Licchavi eso poso
sattussadaṃ nirayaṃ ghorarūpaṃ
uppajjati dukkaṭakammakārī
mahābhitāpaṃ kaṭukaṃ bhayānakaṃ.
9. Anekabhāgena guṇena seyyo
ayam eva sūlo nirayena tena
mā ekantadukkhaṃ kaṭukaṃ bhayānakaṃ
ekantatippaṃ nirayaṃ patāyaṃ.
10. Idañ ca sutvā vacanaṃ mam' eso
dukkhūpanīto vijaheyya pāṇaṃ
tasmā ahaṃ santike na bhaṇāmi
mā me okato jīvitass' uparadho 'ti.
11. Aññāto eso purisassa attho
aññā[4] pi icchāmase pucchituṃ tuvaṃ
okāsakaṃ mama no[5] sace karosi
pucchāmi 'haṃ[6] na ca no kujjhitabbaṃ.
12. Addhā paṭiññā me tadā ahu
acikkhanā appasannassa hoti
akāmāsaddheyyavaco ti[7] katvā
pucchassu[8] maṃ kāmaṃ yathā visayhaṃ 'ti.
13. Yaṃ kiñcāhaṃ cakkhunā passissāmi
sabbaṃ pi tāhaṃ abhisaddaheyyaṃ
disvā pi taṃ no pi ce saddaheyya
kareyyāsi me yakkha tiyassa kamman 'ti.

---

[1] B. pucimanthassa. [2] B. jīvato. [3] B. adds: ca.
[4] B. °ñaṃ. [5] D. to. [6] B. °chāmi ahaṃ.
[7] B.—C[1]. D[1]. °vahe 'ti. [8] B.—C[1]. D[1]. °ssa.

14. Saccappatiññā[1] tava me sā hotu
sutvāna dhammaṃ labhassu[2] pasādam
aññatthiko[3] no ca paduṭṭhacitto
yan te sutaṃ asutaṃ vā pi dhammaṃ.
15. Sabbaṃ akkhissaṃ yathā pajānaṃ
setena assena alaṃkatena
upayāsi sūlāvutakassa[4] santike
yānaṃ idaṃ abbhutaṃ dassaneyyaṃ
kiss' etaṃ kammassa ayaṃ vipāko.
16. Vesāliyā tassa[5] nagarassa majjhe
cikkhallapabbe[6] narakaṃ[7] ahosi
gosīsam ekāhaṃ pasannacitto
setuṃ gahetvāna narakasmiṃ[8] nikkhipi.
17. Etasmiṃ pādāni patiṭṭhapetvā
mayañ ca añño[9] ca atikkameyya[10]
yānaṃ idaṃ abbhutaṃ dassaneyyaṃ
tass' eva kammassa ayaṃ vipāko.
18. Vaṇṇo ca te sabbadisā pabhāsati
gandho ca te sabbadisā pavāyati
yakkhiddhipatto si mahānubhāvo.
naggo c' asi[11] kissa ayaṃ vipāko.
19. Akkodhano niccapasannacitto
saṇhāhi vācāhi janaṃ upesi
tass' eva kammassa ayaṃ vipāko
dibbo me vaṇṇo satataṃ pabhāsati.
20. Yasañ ca kittiñ ca dhamme ṭhitānaṃ
disvāna mantemi pasannacitto
tass' eva kammassa ayaṃ vipāko
dibbo me gandho satataṃ pavāyati.

---

[1] B. saccampa°. [2] B.—C[1]. D[1]. °ssa. [3] B., C[1]. D[1]. °ttiko.
[4] B. °vutassa. [5] B. omits. [6] B. °magge.
[7] B.—C[1]. D[1]. nagaraṃ. [8] B. nagarasmiṃ. [9] B. aññe.
[10] C[1]. D. °kkhamayha.—C. °kkamamha.—B. °kkamimha.
[11] B. cāsi.

21. Sahāyānaṃ titthasmiṃ nahāyatānaṃ[1]
thale[2] gahetvā nidahissa dussaṃ
kiñcatthiko[3] no ca paduṭṭhacitto
ten' amhi naggo kasirāpavutti.[4]
22. Yo kiḷamāno ca karoti pāpaṃ
tass' īdisaṃ kammavipākam āhu
akīḷamāno pana yo karoti
kiṃ tassa kammassa vipākam āhu.
23. Ye duṭṭhasaṃkappamanā manussā
kāyena vācāya ca saṃkiliṭṭhā
kāyassa bhedā abhisamparāyaṃ
asaṃsayan te nirayaṃ upenti.
24. Apare pana sugatim āsamāna[5]
dāne ratā saṃgahītattabhāvā
kāyassa bhedā abhisamparāyaṃ
asaṃsayan te sugatiṃ upentīti.
25. Taṃ kin ti jāneyyaṃ ahaṃ avecca
kalyāṇapāpassa ayaṃ vipāko
kiṃ vāhaṃ disvā abhisaddaheyyaṃ
ko vā pi maṃ saddahāpeyya etan 'ti.
26. Disvā ca sutvā abhisaddahassu
kalyāṇapāpassa ayaṃ vipāko
kalyāṇapāpe ubhaye asante
siyā nu sattā sugatā duggatā vā.
27. No c' ettha kammāni kareyya maccā
kalyāṇapāpāni manussaloke
nāhesuṃ sattā sugatā duggatā vā
hīnā paṇītā ca manussaloke.
28. Yasmā ca kammāni karonti maccā
kalyāṇapāpāni manussaloke
tasmā sattā sugatā duggatā vā
hīnā paṇītā ca manussaloke.

---

[1] B. nhāyantānaṃ. [2] B. C.—C¹. D. D¹. tale.
[3] B. dhiṭṭa°. [4] B. ca tutti.
[5] B. āsisamānā.

29. Dvay' ajja [1] kammānaṃ vipākam āhu
sukhassa dukkhassa ca vedanīyaṃ
tā'va devatā parivārayanti
paccanti [2] bālā dvayataṃ apassino 'ti.
30. Na m' atthi kammāni sayaṃ katāni
datvā pi me [3] natthi so ādissyya
acchādanaṃ sayanam atha 'nnapānaṃ
ten' amhi naggo kasirapavuttiti.
31. Siyā nu kho [4] kāraṇaṃ kiñci yakkha
acchādanaṃ yena tuvaṃ [5] labhetha
ācikkha mo tvaṃ (yatva) yad' atthi hetu
saddhāyitaṃ [6] hetuvaco suṇo [7] 'ti.
32. *Kappitako nāma idh' atthi bhikkhu
jhāyī susīlo arahā vimutto
guttindriyo saṃvutapātimokkho
sītibhūto uttamadiṭṭhipatto.
33. *Sakhilo vadaññu suvaco sumukho
svāgamo suppaṭimuttako cāpi
puññassa khettaṃ araṇavihārī
devamanussānañ ca dakkhiṇeyyo.
34. Santo vidhūmo anīgho nirāso
mutto visallo amamo avaṅko
nirupadhī sabbapapañcakhīṇo
tisso vijjā anuppatto jutimā.
35. Appaññato disvā pi na [8] sujāno
muni naṃ [9] Vajjīsū voharanti
jānanti taṃ yakkhabhūtaṃ anejaṃ
kalyāṇadhammaṃ vicaranti [10] loke.

---

[1] B. dvayañ ca. [2] D. paccenti.—D[1]. C. C[1]., B. [3] B.—C[1]. D[1]. om. [4] B. adds: te. [5] D. tvaṃ. [6] B. °dam. [7] B. suṇoma.—D[1]. °ṇohi. [8] B. na ca. [9] B. munīti naṃ Vijjīsu. [10] B. °ntaṃ.

---

* C[1]. D[1]. omit.

36. Tassa tuvaṃ ekaṃ yugaṃ duvo vā
mam uddisitvāna sace dadetha
paṭiggahītāni ca tāni passa [1]
mamañ ca passetha saṃnaddhadussan 'ti.
37. Kasmiṃ padese samaṇaṃ vasantaṃ
gantvāna passemu mayaṃ idāni
sa m' [2] ajja kaṅkhaṃ vicikicchitañ ca
diṭṭhivisūkāni ko vinodaye [3] ce 'ti.
38. Eso nisinno Kapinaccanāyaṃ [4]
parivārito devatāhi bahūhi
dhammakathaṃ [5] bhāsati saccanāmo
sakasmiṃ accherake [6] appamatto 'ti.[7]
39. Tathāhaṃ [7] kassāmi gantvā idāni
acchādayissaṃ samaṇaṃ yugena
paṭiggahītāni ca tāni passa [8]
tuvañ ca passemu saṃnaddhadussan 'ti.
40. Mā akkhaṇe pabbajitaṃ upāgami
sādhu vo Licchavi n' esa dhammo
tato ca kāle upasaṃkamitvā
tatth' eva passāmi [9] rahonisinnan 'ti.
41. Tathā hi vatvā agamāsi tattha
parivārito dāsagaṇena Licchavi
so taṃ nagaraṃ upasaṃkamitvā
vās' upagañchittha sake nivesane.
42. Tato ca kāle gihikiccāni [10] katvā
nahātvā pivitvā ca [11] khaṇaṃ labhitvā
viceyya peḷato ca yugāni aṭṭha
gāhāpayi dāsagaṇena Licchavi.

---

[1] B. assu. [2] B. so p' ajja.
[3] B. °deyeyya me. [4] B. kasiṇajhānāyaṃ.
[5] B. dhammikathaṃ. [6] Dᶦ. °ko.—B. averake.
[7] B. yassāhaṃ.—Cᵏ. tassāhaṃ.
[8] B cassaṃ. [9] B. passāmi.
[10] B., C. D. Cᶦ. Dᶦ. tihi°. [11] Cᶦ. omits.

43. So taṃ padesaṃ upasaṃkamitvā
tam addasa samaṇaṃ santacittaṃ
paṭikkantaṃ gocarato[1] nivattaṃ
sītibhūtaṃ rukkhamūle nisinnaṃ.
44. Tam enaṃ avoca upasaṃkamitvā
Appābādhaṃ phāsuvihārañ ca pucchi
Vesāliyaṃ Licchavi ahaṃ bhaddan[2] te
jānanti maṃ Licchavi-Ambasakkharo.[3]
45. Imāni me aṭṭha yugāni subhāni
paṭiggaṇha bhante padāmi[4] tuyhaṃ
ten' eva atthena idhāgato 'smi
yathā ahaṃ attamano bhaveyyaṃ.
46. Dūrato 'va samaṇabrāhmaṇā[5]
nivesanan te parivajjayanti
pattāni bhijjanti tava nivesane
saṃghāṭiyo pāpi[6] vidālayanti.[7]
47. Athā pure[8] pādakudārikāhi[9]
avaṃsirā samaṇā pātiyanti
etādisaṃ pabbajitaṃ[10] vihesaṃ
tayā kataṃ[11] samaṇā pāpuṇanti.[12]
48. Tiṇena tesaṃ[13] pi na tvaṃ adāsi
mūḷhassa maggaṃ pi na pāvadāsi
andhassa daṇḍaṃ sayam ādīyāsi
etādiso kadariyo asaṃvuto.
49. Atha tvaṃ kena vaṇṇena kim eva disvā
amhehi saha saṃvibhāgaṃ karosi
paccemi[14] bhante yaṃ tvaṃ vadesi
vimosayi[15] samaṇabrāhmaṇe 'tha.[16]

---

[1] B., D. C., C[1].D[1]. to°. [2] D. bhadam.
[3] C. amn°.—D. amusakkaro. [4] B. dadāmi. [5] B. adds: ca.
[6] B. cāpi. [7] B. viphālīyanti.—C[1].D[1]. vināsa°.
[8] B. athāpare. [9] B. °dhārikāhi. [10] B. °ta.
[11] C. C[1]. D. D[1]. tapā°.—B. tathā°. [12] B. C.—C[1]. D. °nāti.
[13] B. telaṃ. [14] B.—C[1]. D[1]. saccemi.
[15] B. vihe°. [16] B. ca.

50. Khiḍḍatthiko[1] no ca paduṭṭhacitto
etaṃ pi me dukkaṭam eva bhante
khiḍḍāya kho pasavitu[2] pāpaṃ
vedeti[3] dukkham asamatthabhogī.[4]

51. Daharo yuvā nagganiyassa[5] bhāgī
kiṃ[6] su tato dukkhatar 'assa[7] hoti.

52. Taṃ disvā saṃvegamalamatthaṃ[8] bhante
tappaccayā cāhaṃ[9] dadāmi dānaṃ
paṭigaṇha bhante vatthayugāni aṭṭha
yakkhass' im' āgacchantu dakkhiṇāyo.

53. Adāhi[10] dānaṃ bahudhā pasaṭṭhaṃ[11]
dadato ca te akkhayadhammam atthu
paṭiggaṇhāmi te vatthayugāni aṭṭha
yakkhass' im' āgacchantu dakkhiṇāyo.

54. Tato hi so ācamayitvā Licchavi
therassa datvāna yugāni aṭṭha
paṭiggahītāni pattāni[12] vāsu[13]
yakkhañ ca passetha saṃnaddhadussaṃ.

55. Tam addasa candanasāralittaṃ
ājaññam āruyha[14] uḷāravaṇṇaṃ
alaṃkataṃ sādhunivatthadussaṃ[15]
parivāritaṃ yakkhamahiddhipattaṃ.

56. So taṃ disvā attamano udaggo
pahaṭṭhacitto 'va subhaggarūpo
kammañ ca disvāna mahāvipākaṃ
saṃdiṭṭhikaṃ cakkhunā sacchikatvā.

57. Tam enam avoca upasaṃkamitvā
dassāmi dānaṃ samaṇabrāhmaṇānaṃ
na cāpi me kiñci adeyyam atthi
tuvañ ca me yakkha bahūpakāro.

---

[1] B. khi°.—C[1]. D[1]. kicca°. [2] B. °tvā. [3] B. tuvam.
[4] B. appamattabhogī. [5] C. °ggā. [6] C[1]. D[1]. ki.
[7] B. C[1]. D[1]. °kbatu°. [8] B. malla°.—C. malattha[illegible]
[9] B. vāpi. [10] B. addhā.
[11] B. bahudhā passa°.—C[1]. D[1]. bahupā pa°. [12] B. [illegible]
[13] B. vāssuṃ. [14] B. ārūḷhā.—C[1]. [illegible]
[15] B.—C. D. C[1]. D[1]. °vatta°.

58. Tuvañ ca me Licchavi ekadesaṃ
adāsi dānāni [1] amoghaṃ [2] etaṃ
ev ahaṃ karissāmi tayā 'va sakkhiṃ
amānuso mānusakena saddhiṃ.
59. Gati ca bandhu ca [3] parāyanañ ca
mitto [4] vā māsi atha devatāsi
yathā mahaṃ [5] pañjaliko bhavitvā
icchāmi taṃ yakkha punāpi daṭṭhuṃ.
60. Sace tuvaṃ [6] assaddho bhavissasi
kadariyarūpo vippaṭipannacitto [7]
ten' eva maṃ Licchavi [8] dassanāya
disvā ca [9] taṃ nāpi [10] ca ālapissaṃ.
61. Sace tuvaṃ [11] bhavissasi dhammagāravo
dāne rato [12] saṃgahitattabhāvo [13]
opānabhūto samaṇabrāhmaṇānaṃ
evaṃ mamaṃ Licchavi [14] dassanāya.
62. Disvā ca taṃ ālapissaṃ bhaddante
imañ ca sūlato lahu [15] pamuñca
yato nidānaṃ akarimha sakkhiṃ
maññāmu [16] sūlāvutakassa kāraṇā [17]
te aññamaññaṃ akarimha sakkhiṃ.
63. *Ayañ ca sūlāvuto lahuṃ pamutto
sakkacca dhammāni samācaranto
muñceyya so nirayā'va [18] tamhā
kammaṃ siyā aññatra savedanīyaṃ [19]

[1] B. °naṃ aheyam. [2] C[1]. D. amosaṃ.
[3] B. D[1]. omits.—C. va.
[4] B. mamāsi.—C. C[1]. cā mālisi.—D. mamālisi.
[5] B. yācāmi taṃ. [6] B. tvaṃ.
[7] B. vippaṭipannarupo.—C[1]. D[1]. vippasannacitto.
[8] B. lacchasi. [9] B.—C. D. pa. [10] B. no pi.
[11] D. tvaṃ.—B. paṇa tvaṃ. [12] B. nirato.
[13] B. D[1].—C. D. sannahita°.—C[1]. sannihi°.
[14] B. lacchasi. [15] B. lahuṃ.
[16] B. maññāmi.—C. D. D. °ñāma. [17] C. °ṇato.
[18] B. °yamhā. [19] B. ve°.—D. sace ve°.

* C[1]. D[1]. omits 63–79.

64. Kappitakañ ca upasaṃkamitvā
tena saha saṃvibhajitvā kāle
sayaṃ mukhena upanisajja puccha
so te[1] akkhissati etam atthaṃ.
65. Tam eva bhikkhuṃ upasaṃkamitvā pucchassu
puññatthiko[2] n'eva paduṭṭhacitto
so tesu taṃ asutañ vāpi[3] dhammaṃ
sabbaṃ pi akkhissati yathāpajānaṃ
suto ca dhammaṃ sugatiṃ akkhissa.
66. So tattha rahassaṃ[4] samullapitvā
sakkhiṃ akaritvāna[5] amānusena pakkāmi
so Licchavīnaṃ sakāsaṃ
atha bravī parisaṃ saṃnisinnaṃ.
67. Suṇantu bhonto mama ekavākyaṃ
varaṃ varissaṃ labhissāmi atthaṃ
sūlāvuto puriso luddakammo.
paṇītadaṇḍo anusattarūpo.[6]
68. Ettāvatā vīsatirattimattā
yato āvuto n' eva jīvati na mato
tāhaṃ mocayissāmi dāni
yathā matiṃ anujānātu saṃgho.
69. Etañ ca aññañ ca lahuṃ pamuñca
ko taṃ[7] vadetha[8] tathā[9] karontaṃ
yathā pajānāsi tathā karohi
yathā matiṃ anujānāti saṃgho.
70. So taṃ padesaṃ upasaṃkamitvā
sūlāvutaṃ mocayi khippam eva
mā bhāyi sammā[10] taṃ avoca
tikicchakānañ ca upaṭṭhapesi.

---

[1] B. tena. [2] B.—C. muṃña°.—D. muñcatthiko.
[3] B. cāpi. [4] B. ara°. [5] B. °khikari°.
[6] B. anumatta°. [7] B.—C. D. ta.
[8] B. °dethā 'ti.—C¹. D¹. °mo. [9] D. kathā.
[10] B. adds : 'ti ca.

71. Kappitakañ ca upasaṃkamitvā
tena saha[1] saṃvibhajitvāna[2] kāle
sayaṃ mukhena n'eva upanisajja Licchavī
kath[3] 'eva pucchi[4] taṃ kālaṃ kāraṇatthiko.

72 = 67. *c*, *d*. 68. *a*, *b*.

73. So mocito ca gantvā mayā idāni
etassa yakkhassa vaco hi[5] bhante
siyā nu kho kāraṇaṃ kiñcid eva
yena so nirayaṃ no vajeyya.

74. Ācikkha bhante yadi atthi hetu
saddhāyitaṃ hetu vo[6] suṇoma
na tesaṃ kammānaṃ vināsam atthi
avedayitvā idha vyantibhāvo.

75. Sa ce so kammāṇi[7] samācareyya
sakkacca rattiṃ divaṃ appamatto
muñceyya so nirayā va[8] tamhā
kammaṃ siyā aññatra vedanīyaṃ.

76. Aññāto eso purisassa attho
mamaṃ pīdāni anukampa[9] bhante.
anusāsa maṃ ovada bhūripañña
yathā ahaṃ n'eva[10] nirayaṃ vajeyyaṃ.

77. Ajj' eva buddhaṃ saraṇaṃ upehi[11]
dhammañ ca saṃghañ ca pasannacitto.
tath' eva sikkhāpadāni pañca
akhaṇḍapbullāni somādīyassu.[12]

78. Pāṇātipātā viramassu khippaṃ
loke adinnaṃ parivajjayassu[13]
amajjapo mā ca musā abbāsi[14]
sakena dāreṇa ca hohi[15] tuṭṭho.

---

[1] B. sahasaṃ. [2] D. °tvā. [3] B. tatth'.
[4] B. °ttha naṃ.—C. ta kālam.—D. °tta kālaṃ.
[5] B. 'ti. [6] B. hetu vaco.—C. ce. [7] B. dha°. [8] B. ca.
[9] B. °mma. [10] B. no. [11] D. °mi.
[12] C. D. °dīyāmi. [13] C. D. °yāmi.
[14] B. °pi.—C. °nāmi. [15] C. homi.

79. Imañ ça atthaṅgavaraṃ upetaṃ
samādiyāhi [1] kusalaṃ snkhindriyaṃ.

80. Civaraṃ piṇḍapātañ ca paccayaṃ sayanāsanam
annapānaṃ khādanīyaṃ vatthaṃ senāsanāni ca.

81. Dadāhi ujuhhūtssu vippasannena cetasā
bhikkhū ca sīlasampanns vītarāge bahussute
tappssi [2] annapānoua sadā puññaṃ pavaddhati.

82. Evañ ca kammāni samācaranto
sakkacca rattin divaṃ appamatto
muñca [3] tvaṃ nirayā [4] va tamhā
kammaṃ siyā aññatra vedanīyaṃ.

83. Ajj' eva huddhaṃ saraṇaṃ upemi
dhammañ ca saṃghañ ca pasaunacitto
tath' eva sikkhāpadāni pañca
akhaṇḍaphullāni samādiyāmi.

84. Pāṇātipātā viramāmi khippaṃ
loke adinnaṃ parivajjayāmi
amajjapo no ca musā bhaṇāmi
sakena dārena ca homi tuṭṭho.

85. Imañ ca [5] atthaṅgavaraṃ npstaṃ [6]
samādiyāmi kusalaṃ sukhindriyaṃ.
civaraṃ piṇḍapātañ ca paccayaṃ sayanāsanaṃ
annapānaṃ khādanīyaṃ vatthaṃ ssnāsanāni ca.

86. Bhikkhū ca sīlasampaune vītarāge bahussuto
dadāmi na vikkappāmi huddhānaṃ sāsane rato.

87. Etādiso Licchavi Ambasakkharo
Vesāliyaṃ aññataro upāsako
saddho mndu kārakaro bhikkhu
saṃghañ ca sakkacca tadā npaṭṭhahi.

88. Sūlāvuto ca ārogo hutvā serisukhaṃ [7] pabbajjaṃ npā-
gami
āgamma Kappitakuttamaṃ ubho pi sāmaññaphalāni
ajjhagaṃ.

---

[1] C. D. °yāmi.   [2] B. °hi.
[3] B. mnñceyya.   [4] B. °yamhā.
[5] B. ariyaṃ.   [6] B. °rūpetaṃ.   [7] B. °khi.

89. Etādisā sappurisānaṃ sevanā
mahāphalā hoti sataṃ vijānataṃ
sūlāvuto aggaphalaṃ phussasi[1]
phalaṃ kaniṭṭhaṃ pana Ambasakkharo 'ti.

Ambasakkharapetavatthu.

IV. 2.

Serissakapetavatthu.*

IV. 3.

1. Rājā Piṅgalako nāma Suraṭṭhānaṃ adhipati
ahu Moriyānaṃ upaṭṭhānaṃ gantvā Suraṭṭhaṃ punar
āgamā.
2. Uṇhe majjhantike kāle rājā paṅkam[2] upāgami
addasa maggaṃ ramaṇīyaṃ petānaṃ vaṇṇanāpathaṃ.[3]
3. Sārathiṃ āmantayi[4] rājā ayaṃ maggo ramaṇīyo
khemo sovatthiko[5] sivo iminā 'va[6] sārathi yāhi.[7]
4. Suraṭṭhānaṃ[8] santike ito tena pāyāsi[9] Soraṭṭho
senāya caturaṅginiyā.
5. Ubbiggarūpo[10] puriso Suraṭṭhaṃ etad abruvi[11]
kumaggaṃ paṭipannamhā bhiṃsanaṃ lomahaṃsanaṃ.
6. Purato padissati maggo pacchato ca na[12] dissati
kumaggaṃ paṭipannamhā Yamapurisānaṃ santike.

---

[1] D. °ti. [2] B. vaṅkam.—D. C. caṅkaṃ. [3] B. vaṇṇapathaṃ. [4] B. °tasi. [5] B. sotthiko. [6] B. omits. [7] B. āyāma. [8] C. suṭṭho na.—D. puṭṭho na. [9] B. vā yāsi. [10] B. ubhiṅgarūpo. [11] C. eta bruvi. [12] C. pana.

---

* B. C[1]. D[1]. omits.—C. D. taṃ yasmā Serissakavimānavatthunā nibbisesaṃ tasmā tattha atthuppattiyā gāthāsu ca yaṃ vattabbaṃ taṃ paramatthavibhāvaniyaṃ vimānavatthuvaṇṇanāyaṃ vuttaṃ eva. tasmā vuttanayen' eva veditabbaṃ 'ti.—See Vimāna-vatthu, 84.

7. Amānnso vāyati gandho ghoso sūyati dāruṇo
saṃviggo rājā Suraṭṭho sārathiṃ etad abrnvi.
8. Kumaggaṃ paṭipannamhā bhiṃsanaṃ lomahaṃsanaṃ
purato va dissati maggo pacchato ca na dissati.
9. Kumaggaṃ paṭipannamhā Yamapurisānaṃ santike
amānuso vāyati gandho ghoso sūyati dāruṇo.
10. Hatthikkhandhañ [1] ca ārnyha olokento catuddisā
addasa nigrodhaṃ ramaṇīyaṃ pādapaṃ chāyāsampan-
naṃ.
11. Nīlabbhavaṇṇasadisaṃ [2] meghavaṇṇasirannibhaṃ
sārathiṃ āmantayi rājā kiṃ eso [3] dissati brahā
nīlabbhavaṇṇasadiso meghavaṇṇasirannibho.
12. So nigrodho so mahārāja pādapo chāyāsampanno
nīlabbhavaṇṇasadiso meghavaṇṇasirannibho.
13. Tena pāyāsi Suraṭṭho [4] yena so dissati brahā
nīlabbhavaṇṇasadiso meghavaṇṇasirannibho.
14. Hatthikkhandhato oruyha rājā rukkhaṃ upāgami
nisīdi rukkhamūlasmiṃ sāmacco saparijano.
15. Pūraṃ pānīyakarakaṃ [5] pūve citte ca addasa
puriso devavaṇṇīti [6] sabbābharaṇabhūsito
upasaṃkamitvā rājānaṃ Suraṭṭhaṃ [7] etad abrnvi.
16. Svāgatan te mahārāja atho te adurāgataṃ
pivatu devo [8] pānīyaṃ pūve khāda ariṃdama.
17. Pivitvā rājā pānīyaṃ sāmacco saparijano
pūve khāditvā pivitvā ca Suraṭṭho etad abruvi.
18. Devatā nu 'si gandhabbo ādu Sakko puriṃdado
ajānanto taṃ pucchāma kathaṃ jānemu taṃ mayaṃ.
19. Namhi devo na gandhabbo nāpi [9] Sakko puriṃdado
peto ahaṃ mahārāja Suraṭṭha idhaṃ āgato.

---

[1] B. °khandhanto samāruyha.
[2] B. 11a, addasa rukkhaṃ nighodhaṃ.—C. adds: megha-
vaṇṇasadisaṃ. [3] B. eko.
[4] B. soraṭṭho. [5] C. pāniyaṃ karakaṃ. B. °kar...
[6] B. °vaṇṇo 'ti. [7] B. se°.
[8] B. deva. [9] C. na ci.

20. Kiṃ sīlo kiṃ samācāro Suraṭṭhasmiṃ puro tuvaṃ
kena te brahmacariyena ānubhāvo ayaṃ tava.
21. Taṃ suṇohi mahārāja arimdama raṭṭhavaddhanaṃ
amaccā pārisajja ca brāhmaṇo ca purohito.
22. Suraṭṭhasmā[1] ahaṃ deva[2] puriso pāpacetaso
micchādiṭṭhi ca dussīlo kadariyo paribhāsako.
23. Dadantānaṃ karontānaṃ vārayissaṃ bahujanaṃ
aññesaṃ dadamānānaṃ antarāyaṃkaro[3] ahaṃ.
24. Vipāko natthi dānassa saṃyamassa kuto phalaṃ
natthi ācariyo nāma adantaṃ ko damessati.[4]
25. Samatulyāni bhūtāni kule jeṭṭhāpacāyiko[5]
natthi balaṃ viriyaṃ vā kuto uṭṭhānaporisaṃ.
26. Natthi dānaphalaṃ nāma na visodheti verinaṃ
laddheyyaṃ labbate macco nīyati pariṇāmajaṃ.
27. Natthi mātā pitā bhātā loko natthi ito paraṃ
natthi dinnaṃ natthi hutaṃ sunihitaṃ pi na vijjati.
28. Yo pi na haneyya[6] purisaṃ parassa[7] chindite siraṃ
na koci kiñci hanati sattannaṃ vivaram antare.
29. Acchejjabhejjo[8] jīvo aṭṭhaṃso gūḷaparimaṇḍalo
yojanāni satā[9] pañca ko jīvaṃ[10] chetum arahati.
30. Yathā suttagūḷe khitte nibbeṭhentaṃ[11] palāyati
evam eva pi so jīvo nibbeṭhento palāyati.
31. Yathā gāmato nikkhamma aññaṃ gāmaṃ pavisati
evam evaṃ pi[12] so jīvo aññaṃ kāyaṃ pavisati.
32. Yathā gehato nikkhamma aññaṃ gehaṃ pavisati
evam evaṃ pi so jīvo aññaṃ bondiṃ[13] pavisati.[14]
33. Cūḷāsīti mahākappino[15] satasahassāni
ye ca bālā ye[16] ca paṇḍitā saṃsāraṃ khepayitvāna
dukkhassantaṃ karissare mitāni sukhadukkhāni
doṇehi piṭakehi ca jino sabbaṃ pajānāti
samūḷhā itarā pajā evaṃdiṭṭhi pure āsiṃ.

---

[1] B. °smiṃ. [2] B. adds deva. [3] B. °yaṃ karom' ahaṃ.
[4] B. damissati. [5] C. °yino.—D. °yiko. [6] C. D. C[1]. hānoti.
[7] B. purisassa. [8] B. adds: si jīvo. [9] B. °janānaṃ.
[10] C[1]. D[1]. koṭinaṃ. [11] B. nibbedhentaṃ. [12] B. eva ca.
[13] B. phondhiṃ.—C. vondi. [14] B. nivisati.
[15] C. kappāno.—B. matākappi navasata°. [16] B. omits.

34. Samūḷho mohapāruto [1] micchādiṭṭhi ca dussīlo
kadariyo paribhāsako oraṃ me chahi māsehi
kālakiriyā [2] bhavissati.
35. Ekantaṃ kaṭukaṃ ghoraṃ nirayaṃ papatiss' āhaṃ
catukkaṇṇaṃ catudvāraṃ vibhattaṃ bhāgaso mitaṃ.
36. Ayopākārapariyantaṃ ayasā paṭikujjitaṃ
tassa ayomayā bhūmi jalitā tejasā yutā.
37. Samantā yojanasataṃ pharitvā tiṭṭhati sabbadā
vassasatasahassāni ghoso sūyati tāvade
lakkho eso mahārāja satabhāgā [3] vassakoṭiyo
koṭisatasahassāni niraye paccare janā
micchādiṭṭhī dussīlā ye ca ariyūpavādino
tatthāhaṃ dīgham addhānaṃ dukkhaṃ vedissaṃ
vedanaṃ.
38. Phalaṃ pāpassa kammassa tasmā socām' ahaṃ bhusaṃ
taṃ suṇohi mahārāja arimdama raṭṭhavaḍḍhanaṃ
dhītā mayhaṃ mahārāja Uttarā bhaddam atthu te.[4]
39. Karoti bhaddakaṃ [5] kammaṃ sīlesūposathe ratā
Saññatā [6] saṃvibhāgī ca vadaññū [7] vigatamaccharā.
40. Akhaṇḍakārī sikkhāyaṃ suṇhā parakulesu ca
upāsikā Sakyamunino sambuddhassa sirīmato.
41. Bhikkhu ca sīlasampanno gāmaṃ piṇḍāya pāvisi
ukkhittacakkhu satimā guttadvāro susaṃvuto
sapadānaṃ caramāno agamā taṃ nivesanaṃ.
42. Tam addasa mahārāja Uttarā bhaddam atthu te [4]
pūrāṃ pānīyassa karakaṃ pūve citte ca sā adā.
43. Pitā me kālakato bhante tassa taṃ [8] okappatu.
samanantarānudiṭṭho [9] vipāko upapajjatha.
44. Bhuñjāmi kāmakāmī rājā Vessavaṇo yathā
taṃ suṇohi mahārāja arimdama raṭṭhavaḍḍhanaṃ.
45. Sadevakassa lokassa buddho aggo pavuccati
taṃ buddhaṃ saraṇam gaccha saputtadāre [10] arimdama.

---

[1] B. sampuḷo mohapāruto. [2] B. kālaṅkariyā.
[3] B., C.D., C[1]. D[1]. °gaṃ. [4] B., C. D. C[1]. D[1]. baddham at[illegible]
[5] B. bhaddaṃ. [6] B., C. C[1]. D. D. puññatā. [7] B[illegible]ū.
[8] B. tass' etaṃ upakappatu. [9] B. °re °tthe. [10] B. °ro.

46. Aṭṭhaṅgikena maggena phusanti amataṃ padaṃ
taṃ dhammaṃ saraṇaṃ gaccha saputtadāre[1] ariṃdama.
47. Cattāro maggapaṭipannā[2] cattāro ca phalo ṭhitā
esa saṃgho ujūbhūto paññāsīlasamāhito.
48. Taṃ saṃghaṃ saraṇaṃ gaccha saputtadāre[1] ariṃdama
pāṇātipātā viramassu khippaṃ
loke adinnaṃ parivajjayassu
amajjapā[3] mā[4] ca musā abhaṇi
sakena dārena ca hohi tuṭṭho.
49. Atthakāmo 'si me yakkha hitakāmo si devate
karomi tuyhaṃ vacanaṃ tvam asi ācariyo mama.
50. Upemi saraṇaṃ buddhaṃ dhammañ cāpi anuttaraṃ
saṃghañ ca naradevassa gacchāmi saraṇaṃ ahaṃ.
51. Pāṇātipātā viramāmi khippaṃ
loke adinnaṃ parivajjayāmi
amajjapo no ca musā bhaṇāmi
sakena dārena homi tuṭṭho.
52. Odhunāmi[5] mahāvāte nadiyā vā sīghaṃgāmiyā[6]
vamāmi[7] pāpakaṃ diṭṭhiṃ buddhānaṃ sāsane rato.
53. Idaṃ vatvāna Suraṭṭho viramitvā pāpadassanaṃ
namo bhagavato katvā pāmokkho ratham āruyhīti.[8]

Nandikāpetavatthu.

IV. 4.

Revatīpetavatthu.*

IV. 5.

1. †Idaṃ mama ucchuvanaṃ mahantaṃ
nibbattati puññaphalaṃ anappakaṃ
taṃ dāni me[9] paribhogaṃ na[10] upeti
ācikkha bhante kissa ayaṃ vipāko.

---

[1] B. °ro. [2] B. ca paṭi°. [3] B. °po. [4] B. no.
[5] B. ophu°.—C[1]. D[1]. otu°. [6] C. °ga°. [7] C. vacāmi.
[8] B. °hati. [9] B. adds: na. [10] B. omits.

---

* B., C. D., C[1]. D[1]. omits. See Vimāna-vatthu. 52.
† 1–8. C[1]. D[1]. omits.

2. Vihaññāmi khajjāmi ca vāyamāmi ca
parisakkāmi paribhuñjitum kiñci
ev' ahaṃ[1] chinnātumo[2] kapaṇo cālapāmi[3]
kissa kammassa ayaṃ vipāko.
3. Vighāto cāhaṃ paripatāmi[4] chamāyaṃ
parivattāmi vāricaro 'va ghamme
rudato[5] ca me assukā niggalanti[6]
ācikkha bhante kissa ayaṃ vipāko.
4. Chāto kilanto ca pipāsito ca
saṃtāsito sātasukhaṃ na vinde
pucchāmi taṃ etam atthaṃ bhadante[7]
kathan nu ucchuparibhogaṃ labheyyaṃ.
5. Pure tuvaṃ kammam akasi[8] attanā
manussabhūto purimāya jātiyā
ahañ ca taṃ etam atthaṃ vadāmi
sutvāna tvaṃ etam atthaṃ vijānaṃ.
6. Ucchū tuvaṃ khādamāno payāto
puriso[9] te piṭṭhito[10] anugacchi
so ca taṃ paccāsanto kathesi
tassa tuvaṃ na kiñci ālapittha.
7. So ca taṃ abhiṇhaṃ[11] āyāci
dehi[12] ucchun 'ti ca taṃ avoca
tassa tuvaṃ piṭṭhito ucchuṃ adāsi
tass' etaṃ kammassa ayaṃ vipāko.
8. Iṅgha tuvaṃ[13] piṭṭhito gaṇha ucchuṃ
gahetvā khādassu yāvad atthaṃ
ten' eva tvaṃ attamano bhavissasi
haṭṭho udaggo ca pamodito ca.

---

[1] B. dievāhaṃ. [2] B. chinditukāmo. C. D. chinditube. [3] C. D., B. lāla°. [4] D. °tāyaṃ. [5] B. dūrato. [6] B °kāni ga°. [7] B. bhaddante. [8] B. °sim atta°. [9] B. adds: ca. [10] B. pacchato. [11] B. abhaṇantaṃ. C. D. D[1]. āyapi. [12] B. deh' [illegible]. [13] B. tvaṃ gantvāna piṭṭhito gaṇheyy[illegible].

9. Gantvāna so piṭṭhito aggahesi
gahetvāna taṃ khādi yāvad atthaṃ
ten' eva so attamano ahosīti.[1]

Ucchupetavatthu.

IV. 6.

1. Sāvatthī nāma nagaraṃ Himavantassa passato
tattha su[2] dve kumārā ca rājaputtā 'ti me sutaṃ.
2. Pamattā rājanīyesu kāmassādābhinandino[3]
paccuppanne sukhe giddhā na te passiṃsu nāgataṃ.
3. Te cutā ca manussattā paralokaṃ ito gatā
te 'dha[*] ghosenti na dissanto pubbe dukkaṭam attano.
4. Bahūsu vata santesu deyyadhamme upaṭṭhite
nāsakkhimhā ca attānaṃ[4] parittasotthiṃ kātuṃ sukhāvahaṃ.
5. Kiṃ tato pāpakaṃ[5] assa santo rājakulā cutā
upapannā petavisayaṃ[6] khuppipāsā samappitā.
6. Sāmino idha hutvāna honti assāmino tahiṃ
caranti[7] khuppipāsāya manussā onnatonatā.[8]
7. Evam ādīnavaṃ ñatvā issaramānasambhavaṃ
pahāya issaramadaṃ bhave saggagato naro
kāyassa bhedā sappañño[9] saggaṃ so upapajjatīti.

Kumārapetavatthu.

IV. 7.

1. Pubbe katānaṃ kammānaṃ vipāko mathaye[10] manaṃ
rūpe sadde rase gandhe poṭṭhabbe ca manorame.
2. Naccaṃ gītaṃ ratiṃ khiḍḍaṃ anubhutvā anappakaṃ
uyyāne caritvāna[11] pavisanto Giribbajaṃ.

---

[1] B. adds: hattho, etc. See 8 d. [2] B. tatthāsuṃ. [3] B., C[1]. D[r]. °dane. [4] B. adds: sotthiṃ. [5] B. °pakammassa. [6] B. pitti°. [7] B. ma°. [8] B. unna°. [9] C[1]. °nno. D. °tto. [10] B. thapaye. [11] B. paricāritvā.

[*] B. ca.

3. Isiṃ [1] Sunettam addakkhi attadantaṃ samāhitaṃ,
appicchaṃ hirīsampannaṃ uñche pattāgate [2] rataṃ.
4. Hatthikkhandhato oruyha laddhā bhante 'ti ca bruvi
tassa pattaṃ gahetvāna uccaṃ paggayha khattiyo.
5. Thandile [3] pattaṃ bhinditvā hasamāno apakkami
rañño Kitavassāhaṃ [4] putto kiṃ maṃ bhikkhu karissasi.
6. Tassa kammassa pharusassa vipāko kaṭuko ahu
yaṃ rājaputto vedesi nirayamhi samappito.
7. Chaḷ eva caturāsītivassāni nahutāni ca
bhusaṃ dukkhaṃ nigacchittho [5] niraye katakibbiso.
8. Uttāno pi ca paccittha nikujjo [6] vāmadakkhiṇo
uddhaṃ pādo ṭhito c'eva ciraṃ bālo apaccitha. [7]
9. Bahūni vassasahassāni pūgāni nahutāni ca
bhusaṃ dukkhaṃ nigacchittho niraye katakibbiso.
10. Etādisaṃ kho kaṭukaṃ appaduṭṭhapadosinaṃ
paccanti pāpakammantā isiṃ āsajja subbataṃ.
11. So tattha bahuvassāni vedayitvā bahudukkhaṃ
khuppipāsahato [8] nāma peto āsi tato cuto.
12. Evaṃ [9] ādīnavaṃ disvā [10] issaramadasambhavaṃ
pahāya [11] issaramadaṃ nivātam anuvattaye.
13. Diṭṭhe va dhamma pāsaṃso yesu [12] buddhesu sagāravo
kāyassa bhedā sappañño saggaṃ so upapajjatīti.

Rājaputtapetavatthu.

IV. 8.

1. Gūthakūpato uggantvā ko nu dīno si tiṭṭhasi. [13]
nisaṃsayaṃ [14] pāpakammanto kin nu saddayase [15]
tuvan'ti.
2. Ahaṃ bhante peto 'mhi duggato Yamalokiko
pāpakammaṃ karitvāna petalokam ito gato 'ti.

---

[1] B. muniṃ. [2] B. uccho pattagate. [3] B. gaṇḍile. [4] B. kiṭa°. [5] B. °ttha. [6] B.—C[1]. D[1]. °ñjo. [7] B. °tthā. [8] B. °ahato. [9] B. etam. [10] B. ñatv[illegible] [11] B., C. C[1].—D. D[1] mapa°. [12] B. yo. [13] B. patitthasi. [14] B.—C. C[1]. D. D[1]. [illegible] [15] B. saddāyāse.—C. C[1]. D. D[1]. °hese.

3. Kiṃ nu kāyena vācāya manasā dukkaṭaṃ kataṃ
kissa kammavipākena idaṃ dukkhaṃ nigacchasīti.
4. Ahu āvāsiko mayhaṃ issukī kulamaccharī
ajjhāsito[1] mayhaṃ ghare kadariyo paribhāsako.
5. Tassāhaṃ vacanaṃ sutvā bhikkhavo paribhāsissaṃ
tassa kammavipākena petalokam ito gato 'ti.
6. Amitto mittavaṇṇena yo te āsi kulupako
kāyassa bhedā duppañño kiṃ nu pecca gatiṃ gato 'ti.
7. Tass' evāhaṃ pāpakammassa sīse tiṭṭhāmi matthake
so ca paravisayaṃ patto mam eva parivārako.
8. Yaṃ bhaddante 'hanant' añño[2] etaṃ me hoti bhojanaṃ
ahañ ca kho yaṃ 'hanāmi etaṃ so upajīvatīti.

Gūthakhādakapetavatthu.

IV. 9 *

Gūthakhādakapetavatthu.

IV. 10.

1. Naggā dubbaṇṇarūpā 'tha kisā dhamanisaṃṭhitā
upphāsulikā kisakā ke nu tumhe 'tha[3] mārisā 'ti.
2. Mayaṃ bhaddante pet' amhā duggatā Yamalokikā
pāpakammaṃ karitvāna petalokam ito gatā 'ti.
3. Kiṃ nu kāyena = II. 1. 3.
4. Anavajjesu[4] titthesu vicinimha 'ḍḍhamāsakaṃ
santesu deyyadhammesu dīpaṃ nākamhaṃ attano.
[illegible]im upema tasitā rittakā parivattati
[illegible]yaṃ upema uṇhesu ātapo parivattati.

---

[1] B. ajjhesito. [2] B. — C[1]. D[1]. °ño.
[3] B. °ttha. [4] B. °ṭṭesu.

---

* C[1]. D[1]. omits — C. D. tassa vatthu anantaravatthusadisaṃ. tattha upāsakena vihāro kārito 'ti upāsakassa vasena āgataṃ idha pana upāsikāyā 'ti ayaṃ eva viseso. sesaṃ vatthusmiṃ gāthāsu ca apubbaṃ natthi.

6. Aggivaṇṇo 'va no [1] vāto ḍahanto [2] upavāyati
staṁ ca bhante arahāma aññaṁ ca pāpakaṃ tato.
7. Api yojanāni gacchāma chātā [3] āhāragiddhino
aladdhā yeva nivattāma aho no appapuññatā.
8. Chātā pamucchitā bhante bhūmiyaṃ paṭisumbhitā
uttānā paṭikirāma avakujjā patāmase.[4]
9. Te ca tatth' eva patitā bhūmiyaṃ paṭisumbhitā
uraṃ sīsaṁ ca ghaṭṭema aho no appapuññatā.
10. Etaṁ ca bhante arahāma aññaṁ ca pāpakaṃ tato
santesu deyyadhammesu dīpaṃ nākamham attano.
11. Te hi nuna ito gantvā yoniṃ laddhāna mānusiṃ
vadaññū sīlasampannā kāhāma kusalaṃ bahun 'ti.

Gaṇapetavatthu.

IV. 11.

1. *Diṭṭhā tayā nirayā tiracchānayonī
petā asurā atha vāpi manussā devā
sayam addasa kammavipākam attano
nessāmi taṃ Pāṭaliputtam akkhataṃ
tattha gantvā kusalaṃ karohi kamman 'ti.
2. Atthakamo si me yakkha hitakāmo si devate
karomi tuyhaṃ vacanaṃ tvam asi ācariyo me.
3. Diṭṭhā mayā=1. *a. b. c.*
kāhāmi puññāni anappakānīti.

Pāṭaliputtapetavatthu.

IV. 12.

1. Ayaṁ ca te pokkharaṇī surammā
samā suppatitthā ca mahodakā ca
supupphitā bhamaragaṇānukiṇṇā
kathaṃ tayā laddhā ayaṃ manuññā.

---

[1] C. vane. [2] D. adds: ḍahanto. [3] B. sātā. [4] B., C[1]. D[1]. °maye.

---

* C[1]. D[1]. omits.

2\. Idañ ca te ambavanaṃ surammaṃ
sabbotukaṃ dhārayati phalāni
supupphitaṃ bhamaragaṇānukiṇṇaṃ
katham tayā laddham idam vimānan 'ti.
3\. Ambapakkodakaṃ [1] yāguṃ sītacchāyā manoramā
dhītāya dinnadānena tena me idha labbhatīti.
4\. *Saṃdiṭṭhakaṃ [2] eva passatha dānassa
damassa saṃyamassa vipākaṃ
dāsī ahaṃ ca ayyakulesu hutvā
suṇisā homi agārassa issarā 'ti.
5\. Asātaṃ sātarūpena piyarūpena appiyaṃ
dukkhaṃ sukhassa rūpena pamattaṃ ativattatīti.

Ambapetavatthu.

IV. 13.

1\. Yaṃ dadāti na taṃ hoti deth' eva dānam datvāna
ubhayaṃ [3] tarati [4] ubhayaṃ [4] tena dānena gacchati
jāgaratha mā pamajjathā 'ti.

Akkharukkhapetavatthu.

IV. 14.

1\. Mayaṃ bhoge saṃharimha samena visamena ca
te aññe paribhuñjanti mayaṃ dukkhassa bhāginīti.

Bhogasaṃharapetavatthu.

IV. 15.

1\. Saṭṭhi vassasahassāni paripuṇṇāni sabbaso
niraye paccamānānaṃ kadā anto bhavissati.
2\. Natthi anto kuto anto na anto paṭidissati
tathā hi pakataṃ pāpaṃ mama [5] tuyhañ [6] ca mārisa.

[1] B. °paggu°. [2] B. adds kammaṃ. [3] B. dhārati dānaṃ. [4] C[1]. D[1]. omits. [5] B. omits. [6] B. adds: mayhañca.

* C[1]. D[1]. omits.

3. Dujjīvitaṃ jīvamha ye santa na dadamhase
santesu deyyadhammesu dīpaṃ nākamha attano.
4. So hi nuna ito gantvā yoniṃ laddhāna mānusiṃ
vadaññū sīlasampanno kāhāmi kusalaṃ bahun 'ti.

Seṭṭhiputtapetavatthu.

IV. 16.

1. Kin nu ummattarūpo ca [1] migo bhanto va dhāvasi
nissaṃsayaṃ pāpakammaṃ kin nu saddayase [2] tuvan 'ti.
2. Ahaṃ bhante [3] peto 'mhi duggato Yamalokiko
pāpakammaṃ karitvāna petalokaṃ ito gato.
3. Saṭṭhikūṭasahassāni paripuṇṇāni sabbaso
sīse mayhaṃ nipatanti te bhindanti ca matthakān 'ti
4. Kin nu kāyena=II. 1. 3.
5. Saṭṭhikūṭasahassāni-pe-sīse tuyham, etc.
See 3.
6. Atha 'ddasāsiṃ sambuddhaṃ Sunettaṃ bhāvitindriyaṃ
nisinnaṃ rukkhamūlasmiṃ jhāyantaṃ akutobhayaṃ.
7. Sālittakappahārena vo [4] bhindissan tassa matthakaṃ
tassa kammavipākena idaṃ dukkhaṃ nigacchati.
8. = 3.
9. Dhammena te kāpurisa saṭṭhi°—pe—matthakan 'ti.
See 3.

Saṭṭhikūṭasahassapetavatthu.

Mahāvaggo catuttho.

Petavatthu samattam.

---

[1] B. va.
[2] B. saddhā°.
[3] B. bhaddante.
[4] B. no.

II.

EXTRACTS FROM THE COMMENTARY.

Bhagavā Rājagahe viharanto Veḷuvane Kalandakanivāpe aññataraṃ seṭṭhiputtapetaṃ ārabbha kathesi.

Rājagahe kira aññataro aḍḍho mahaddhano mahâbhogo pahūtavittūpakaraṇo anekakoṭidhanasaṃnicayo seṭṭhī ahosi.

Tassa mahādhanasampannatāya mahādhanaseṭṭhī tv eva samaññā ahosi.

Atha 'ssa eko 'va putto ahosi piyo manāpo tasmiṃ[1] viññūtaṃ patte mātāpitaro evaṃ cintesuṃ amhākaṃ puttassa divase divase sahassaṃ sahassaṃ paribbayaṃ karontassa vassasatenāpi ayaṃ dhanasaṃnicayo parikkhayaṃ na gamissatīti imassa sippuggahaṇapariesamena akilantakāyacitto yathā sukhaṃ bhoge paribhuñjatū 'ti sippaṃ na sikkhāpesuṃ vayappattassa pana kularūpayobbanavilāsasampannaṃ kāmābhimukhaṃ dhammasaññāvimukhaṃ kaññaṃ ānesuṃ. so tāya saddhiṃ abhiramanto dhamme cittamattaṃ pi anuppādetvā samaṇabrāhmaṇagurujanesu anādaro hutvā dhuttajanaparivuto rañjamāno pañcakāmaguṇe rato giddho mohena andho hutvā kālaṃ vītināmetvā mātāpitūsu kālakatesu naṭakayinādīnaṃ[2] yathicchitaṃ dento dhanaṃ vināsetvā na cirass' eva pārijuññappatto hutvā iṇaṃ gahetvā jīvitaṃ kappento puna iṇam pi alabhitvā iṇāyikehi codiyamāno tesaṃ attano khettavatthugharādīni datvā kapālahattho bhikkhaṃ caritvā paribhuñjanto tasmiṃ yeva nagare anāthasālāyaṃ vasati. atha naṃ ekadivasaṃ[3] corā samāgatā evam āhaṃsu.

Ambho purisa kiṃ tuyhaṃ iminā dujjīvitena taruṇo tvam asi thāmajavabalasampanno kasmā hatthapādavikalo viya

---

[1] D. tasmā. [2] D. naṭa°. [3] D. omits.

acchasi. ehi amhehi saha corikāya paresaṃ santakaṃ gahetvā sukhena jīvitaṃ kappehīti. so nāhaṃ corikaṃ kātuṃ jānāmīti āha. corā mayaṃ taṃ sikkhāpema kevalaṃ tvaṃ amhākaṃ vacanaṃ karohīti āhaṃsu. so sādhū 'ti sampaṭicchitvā tehi saddhiṃ agamāsi. atha te corā tassa hatthe mahantaṃ muggaraṃ datvā saṃdhiṃ chinditvā gharaṃ pavisantā taṃ[1] saṃdhimukhe ṭhapetvā sa ce idha añño koci āgacchati taṃ iminā muggarena paharitvā ekappahāren' eva mārehīti vadiṃsu. so andhabālo hitāhitaṃ ajānanto paresaṃ āgamanam eva olokento tattha aṭṭhāsi.

Corā pana gharaṃ pavisitvā gayhūpagaṃ gahetvā gharamanussehi ñātamattā 'va ito c' ito ca palāyiṃsu. gharamanussā uṭṭhahitvā sīghaṃ sīghaṃ[2] dhāvantā ito c' ito ca olokento taṃ purisaṃ saṃdhidvāre ṭhitaṃ disvā ha re duṭṭhacorā 'ti gahetvā hatthapāde muggarādīhi uppoṭhetvā rañño dassesuṃ ayaṃ deva coro saṃdhimukhe[3] gahīto 'ti.

Rājā imassa sīsaṃ chindāpehīti nagaraguttikaṃ āṇāpesi.

Sādhu devā 'ti nagaraguttiko taṃ gāhāpetvā pacchābāhuṃ gāḷhabandhanaṃ bandhāpetvā rattavaṇṇaviralamālāya[4] bandhakaṇṭhaṃ iṭṭhakacuṇṇamakkhitaṃ sīsaṃ vajjhapahaṭabheridesitamaggaṃ rathikāya rathikaṃ siṅghāṭakena siṅghāṭakaṃ kasāhi tāḷayanto āghātanābhimukhaṃ neti.

Ayaṃ imasmiṃ nagare vilumpamānakacoro gahīto 'ti kolāhalaṃ ahosi. tena ca samayena tasmiṃ nagare Sulasā[5] nāma nagarasobhinī pāsāde ṭhitā vātapānantarena[6] olokentī taṃ tathānīyamānaṃ disvā pubbe tena kataparicayā ayaṃ puriso imasmiṃ yeva nagare mahatiṃ sampattiṃ anubhavitvā idāni evarūpaṃ anatthaṃ anayavyasanaṃ patto 'ti.

---

[1] D. naṃ. [2] D. °gha. [3] D. °kho.
[4] C. °vaṇṇaviyamā°.—D. °viramā°.
[5] D. °bhā. [6] C. °re.

Tassa kāruññataṃ uppādetvā cattāro modake pānīyañ ca pesesi.

Nagaraguttikassa ca ārocesi tāva ayyo āgametu yāvāyaṃ puriso ime modake khāditvā pānīyaṃ pivissatīti ath' etasmiṃ[1] antare āyasmā Mahāmoggallāno dibbena cakkhunā olokento tassa vyasanuppattiṃ disvā karuṇāya samcoditamānaso ayaṃ puriso akatapuñño katapāpo tenāyaṃ niraye nibbattissati. mayi pana gate modake pānīyañ ca datvā bhummadevesu uppajjissati. yan nunāhaṃ imassa avassayo bhaveyyan 'ti cintetvā pānīye modakesu ca upanīyamānesu tassa purisassa purato pāturahosi. so theraṃ disvā pasannamānaso kiṃ me idān' eva imehi ānīyamānassa[2] modakehi khāditehi. idaṃ pana paralokaṃ gacchantassa pātheyyaṃ bhavissatīti cintetvā modakehi pānīyañ ca therassa dāpesi. thero tassa pasādasaṃvaḍḍhanatthaṃ tassa passantass' eva tathārūpe ṭhāne nisīditvā modake paribhuñjitvā pānīyaṃ pivitvā uṭṭhāyāsanā pakkāmi. so pana puriso coraghātakehi āghātanaṃ netvā sīsacchedaṃ patto. anuttare puññakkhette therena katena puññena uḷārena devaloke nibbattanāraho pi yasmā Sulasaṃ āgamma mayā ayaṃ deyyadhammo laddho 'ti Sulasāya gatena sinehena maraṇakāle cittaṃ upakkiliṭṭhaṃ ahosi. tasmā hīnakāyaṃ uppajjanto paññattagahanasambhūte sandacchāye mahati nigrodharukkhe rukkhadevatā hutvā nibbatti.

So kira sace paṭhamavaye kulavaṃsaṭhapane ussukkaṃ akarissa tasmiṃ nagare seṭṭhīnaṃ aggo abhavissa majjhimavaye majjhimo pacchimavaye pacchimo. sace pana paṭhamavaye pabbajito abhavissa arahā abhavissa majjhimavaye sakadāgāmī anāgāmī vā abhavissa pacchimavaye sotāpanno abhavissa pāpamittasaṃsaggena pana itthidhutto surādhutto duccaritanirato anādarīyako hutvā anukkamena sabbasampattiyo parihāyitvā mahāvyasanaṃ patto 'ti vadanti.

Atha so aparena samayena Sulasaṃ uyyānagataṃ disvā saṃjātakāmarāgo andhakāraṃ māpetvā taṃ tattha attano

---

[1] C. atha tasmiṃ. [2] C. omits.

bhavanaṃ netvā sattāhaṃ tāya saddhiṃ saṃvāsaṃ kappesi attānañ cassā ārocesi.

Tassā mātā taṃ apassantī rodamānā ito c' ito ca paribbhamati taṃ disvā mahājano ayyo Mahāmoggallāno[1] mahiddhiko mahānubhāvo tassā gatiñ jāneyya taṃ upasaṃkamitvā puccheyyāsīti āha. sā sādhu ayyo 'ti theraṃ upasaṃkamitvā tam atthaṃ pucchi. thero ito sattame divase Veḷuvanamahāvihāre bhagavati dhammaṃ desente parisapariyante passissasīti āha. atha Sulasā taṃ devaputtaṃ aroci[2] mayhaṃ tava bhavane vasantiyā ajja sattamo divaso mama mātā maṃ apassantī paridevasokasamāpannā bhavissati sādhu maṃ deva tatth' eva nehīti. so taṃ netvā Veḷuvane bhagavati dhammaṃ desente parisapariyante ṭhapetvā adissamānarūpo aṭṭhāsi. tato mahājano Sulasaṃ disvā evam āha amma Sulase tvaṃ ettakaṃ divasaṃ kuhiṃ gatā tava mātā taṃ apassantī paridevasokasamāpannā ummādappattā viya jātā 'ti. sā taṃ pavattiṃ mahājanassa ācikkhi. mahājanena pi kathaṃ so puriso tathā pāpapasuto akatakusalo devūpapattiṃ paṭilabhatīti vutte Sulasā mayā dāpite modake pānīyañ ca ayyassa Mahāmoggallānattherassa datvā tena puññena devūpapattiṃ paṭilabhatīti āha. taṃ sutvā mahājano acchariyabbhutacittajāto ahosi. arahanto nāma anuttaraṃ puññakkhettaṃ lokassa. yesu appako pi kato kāro sattānaṃ devūpapattiṃ āvahatīti uḷāraṃ pītisomanassaṃ paṭivedesi. bhikkhū tam atthaṃ bhagavato ārocesuṃ tato bhagavā imissāya aṭṭhuppattiyā imā gāthā abhāsi.

1. *a.* Tattha KHETTŪPAMĀ 'ti khittaṃ vuttaṃ bījaṃ nāyati mahapphalaṃ bhāvakaraṇena rakkhatīti khettaṃ. sālibījādīnaṃ virūhanaṭṭhānaṃ taṃ upamā ete santi khettūpamā kedārasadisā 'ti attho. ARAHANTO 'ti khīṇāsavā. te hi uddissanena sammānetvā anubhūyamānadukkhato te mocetvā pete hi uddissa dīyamānaṃ dānaṃ tesaṃ pūjā nāma hoti. tenāha.

Amhākañ ca katā pūjā petānaṃ pūjā ca katā uḷārā 'ti

2. *c.* PETĀ 'ti ca saddena piyo ca hoti manāpo abhi[...]

---

[1] C. ayya. [2] C. aroca.—D. arocasi.

nīyo ca hoti vissāsanīyo bhāvanīyo ca hoti garukātabbo pasaṃso ca hoti kittanīyo viññānan 'ti evam ādike diṭṭhadhammike dānānisaṃse saṃgaṇhāti.

3. *c.* SAGGAÑ CA KAMATI ṬHĀNAṂ KAMMAṂ KATVĀNA BHADDAKAN 'ti bhaddakaṃ kalyāṇaṃ kusalaṃ kammaṃ katvā dibbehi āyu-ādīhi dasahi ṭhānehi anuṭṭhu-aggattā saggan 'ti laddhanāmaṃ katapuññānibbattanaṭṭhānaṃ devalokaṃ kamati uppajjanavasena uppajjati. ettha ca kusalaṃ katvā 'ti vatvā puna kammaṃ katvāna bhaddakan' ti vacanaṃ deyyadhammaṃ pariccāgo viya pattidānavasena dānadhammapariccāgo pi dānamayakusalakammam evā 'ti dassanatthan 'ti daṭṭhabbaṃ.

Keci pan' ettha PETĀ 'ti arahanto adhippetā 'ti vadanti tan tesaṃ matimattaṃ. PETĀ 'ti khīṇāsavānaṃ āgataṭṭhānass' eva abhāvato bījādibhāvassa padāyakassa viya tesaṃ ayujjamānattā petayonikānaṃ yajamānattā ca.

I. 3.

1. *a.* VAṆṆADHĀTUN 'ti chavivaṇṇam.

b. VEHĀYASAN TIṬṬHASI ANTALIKKHE 'ti vehāyasasaññite antalikke tiṭṭhasi. keci pana vehāyasan tiṭṭhasi antalikkhe 'ti pāṭhaṃ vatvā vehāyasaṃ obhāsento antalikke tiṭṭhasīti vacanasesena atthaṃ vadanti. PŪTIGANDHAN 'ti kuṇapagandhaṃ duggandhan 'ti attho.

2. *a.* ATIDUKKHAVĀCO 'ti vā pāṭho ativiyapharusavacano [illegible]vādapesuññādivacīduccaritanirato.

b. TAPASSIRŪPO 'ti samaṇo paṭirūpako. MUKHASĀ 'ti mukhena.

c. LADDHĀ 'ti paṭiladdhā. cakāro sampiṇḍanattho ME 'ti mayā TAPASĀ 'ti brahmacariyenā 'ti PESUNIYENĀ 'ti pisunāvācāya PŪTĪTI pūtigandhaṃ.

3. *a.* TAYIDAN 'ti taṃ idaṃ mama rūpaṃ.

b. ANUKAMPAKĀ YE KUSALĀ VADEYYUN 'ti ye anukampanasīlā kāruṇikā parahitapaṭipattiyaṃ kusalā nipuṇā buddhādayo yaṃ vadeyyuṃ tad eva vadāmīti adhippāyo.

I. 5.

1. *a.* Tattha t i r o k u ḍ ḍ e s u 'ti kuḍḍānaṃ parabhā-

gesu tiṭṭhantīti nisajjādipaṭikkhepato ṭhānakappanavacanam etaṃ gahapākārakuḍḍānaṃ parato bahi svaṃ tiṭṭhantīti attho.

b. Saṃdhisiṅghāṭakesu cā 'ti saṃdhīsu ca siṅghāṭakesu ca. saṃdhiyo 'ti catukoṇaracchā gharasaṃdhibhittisaṃdhi-ālokasaṃdhiyó pi vuccanti. siṅghāṭake 'ti koṇaracchā. dvārabāhāsu tiṭṭhantīti nagaradvāra gharadvārānaṃ bāhā nissāya tiṭṭhanti.

I. 10.

10. *c.* Doṇinimmiñjanan 'ti visandamānatelam miñjakam.

I. 11.

3. *a.* Yo so purato gacchatī ti pi pāṭho.

b. Catukkamenā 'ti catuppadena.

4. *b.* Suvaggitenā 'ti sundaragamanena vā turaṃgamanena.

5. *b.* Migamandalocanā 'ti migī viya mandakkhipātā.

d. Bhāgaḍḍhabhāgenā 'ti bhāgassa aḍḍhabhāgena attanā laddhakoṭṭhāsato aḍḍhabhāgadānena hetubhūtena sukhī ti sukhinī liṅgavipallāsena h' etaṃ vuttaṃ.

6. *c.* Paricārinīti (*sic*) dibbesu kāmaguṇesu attano indriyāni ito c' ito ca yathā sukhaṃ cārenti. parijanehi vā attano puññānubhāvanissandena pāricariyaṃ kārenti.

f. Mayaṃ sussāma naso (*sic*) 'va sandhinto[1] (*sic*) 'ti mayaṃ pana dinno (*sic*) ātape pakkhitto naḷo viya sussāma khuppipāsāhi aññamaññaṃ daṇḍābhighātena ca sukkhavisukkhā bhavāmā 'ti.

7. *a.* Kis sayānan 'ti kīdisaṃ sayanaṃ. Kis sayānā 'ti ke ci paṭhanti kīdisī sayanā kīdise sayane sayatha 'ti attho.

b. Kathaṃ hi yāpethā 'ti pi pāṭho.

d. Sukhaṃ virāgayā 'ti sukhahetuno puññassa akaraṇena sukhaṃ virajjhitvā virādhetvā. sukhassa virāgenā 'ti paṭhanti.

---

[1] D. 'van dhitto (ditto ?)

8. *c*. Tattha NA DĀTĀ (D. dhā°) HOMĀ 'ti dātā suhitā (D. su hi gātitā) na homa.

d. Dhatādimhamhase (*sic*) (C. dhādimhase 'ti) 'ti na ruccāma na rucim uppādema na taṃ mayaṃ attano ruciyā pivissāmā 'ti attho.

10. *b*. CIRAṂ OHĀYARE ḌAYHAMĀNĀ 'ti khudādihetukena dukkhagginā akataṃ vata amhehi kusalaṃ kataṃ pāpan 'ti ādinā pavattamānena vippaṭisāragginā ḍayhamānā ghāyanti anutthunantīti attho.

11. *a*. ITTARAN 'ti nacirakālaṭṭhāyi aniccaṃ vipariṇāmadhammaṃ. ITTARAṂ IDHA JĪVITAṂ 'ti idhā manussaloke sattānaṃ jīvitam pi ittaraṃ parittaṃ appakaṃ tenāha bhagavā yo ciraṃ jīvati so vassasataṃ appaṃ vā bhiyyo vā 'ti.

12. *c*. TE DĀNE sabbakālaṃ NAPPAMAJJANTI SUTVĀ ARAHATAṂ VACO 'ti arahataṃ buddhādīnaṃ ariyānaṃ vacanaṃ sutvā 'ti attho.

I. 12.

1. *b*. Saṃsāre paribbhāmanto satto porāṇassa kammassa parikkhīṇattā jajjaribhūtaṃ san tanuṃ attano sarīraṃ hitvā gacchati yathā kammaṃ gacchati. punabbhavavasena uppajjatīti attho.

2. *d*. TATO (*sic*) SO TASSA YĀ GATĪTI yadi pi matamatasattā [2] na uppajjanti matassa pana katokāsassa kammassa vasena sā gati pāṭikaṅkhā taṃ pūti-anantaraṃ eva gato na [illegible] purimañātīnaṃ ruditaṃ paridevitaṃ vā paccāsiṃsati napi yebhuyyena purimañātīnaṃ ruditena kāci atthasiddhīti adhippāyo.

3. Tattha ANABBHITO 'ti anabbhito ehi mayhaṃ puttabhāvaṃ upagacchā 'ti evaṃ apakkosīti.

II. 1.

1. *b*. Tattha DHAMANISANTHITĀ 'ti nimmaṃsalohitattāya sirājālāvijaṭatattā UPPHĀSULIKE 'TI uggataphāsulike. KISIKE ti kisā sarīre pubbe pi kiseti vatvā puna kisikā 'ti vacanaṃ

[1] D.—C. dhātā. [2] D. matā°.

aṭṭhicammanabārumattasarīratāya ativiyakisabhāvadassanattham vuttaṃ.

7. *c.* Tattha BHIKKHŪNAṂ 'ti bhikkhuno. vacanavipallāsena h' etaṃ vuttaṃ. ĀLOPAṂ BHIKKHUNO DATVĀ 'ti keci paṭhanti. ālopan 'ti kevalaṃ ekālopamattaṃ bhojanan 'ti attho. PĀṆIMATTAÑ CA COLAKAṂ 'ti ekahatthappamānaṃ colakhaṇḍan 'ti attho.

8. *a.* THĀLAKASSA CA PĀNĪYAṂ 'ti eka thālakapūraṇamattaṃ udakaṃ. . . .

13. *a.* Tattha UPAKAṆḌAKIN 'ti upakaṇḍakajātaṃ.[1] . . .

b. APPAṬICCHAVIṂ 'ti obinnabhinnasarīracchaviṃ. . . .

c. DUGGATAṂ 'ti duggatigataṃ.

16. *a.* So kira Nandarājā amhākaṃ satthu mahāsāvako Mahākassapatthero ahosi. tassa aggamahesī Bhaddakāpilā 'ti nāma. ayaṃ pana Nandarājā dasavassasahassāni sayaṃ dibbavatthāni paridahanto sabbam eva attano vijitaṃ Uttarakurusadisaṃ karonto āgatānaṃ manussānam dibbānaṃ dibbadussāni adāsi tay idaṃ dibbavatthasamiddhaṃ saṃdhāya ayaṃ petī āha. YĀVATĀ NANDARĀJASSA VIJITASMIṂ PAṬICCHĀDĀ 'ti tattha vijitasmiṃ 'ti raṭṭhe PAṬICCHĀDĀ 'ti ca vatthāni tāni hi paṭicchādenti etehīti paṭicchādā 'ti vuccanti.

20. *b.* APPAṬIGANDHIYĀ 'ti paṭikkulagandharahitā surabhigandhā. VĀRIKIÑJAKKHAPŪRITĀ 'ti kamalakuvalayādīnaṃ kesarasaṃchannena vārinā paripuṇṇā.

II. 2.

3. *a.* KHELAṂ 'ti niṭṭhubhanaṃ. SIṄGHĀṆIKAṂ 'ti matthaluṅgato vissanditvā nāsikāya nikkhamamalaṃ. SILESUMAṂ 'ti semhaṃ. VASAÑ CA ḌAYHAMĀNĀNAṂ 'ti cittakāya ḍayhamānānaṃ kalebarānaṃ vasātelañ ca.

5. *d.* NĪLAMAÑCAPARĀYAṆĀ 'ti susāne chaḍḍitamālā[2] mañcasayanā. atha vā NĪLĀ 'ti chārikaṅgārabahulā susānabhūmi adhippetā tay' eva mañcaṃ viya adhisayanā 'ti attho.

II. 3.

5. *d.* KENĀSI PAṂSUKUṬṬHITĀ 'ti kena kammunā saṃk... paṃsūhi nguṇṭhitā sabbaso okiṇṇasarīrā ahū 'ti attho.

---

[1] C. upakaḍḍha°. [2] C. °malā°.

6. *a*. SĪSAṂ NAHĀTĀ 'ti sarīraṃ nahātā ADHIMATTAN 'ti adhikataraṃ. SAMALAṂKATARĀ 'ti sammā atisayena alaṃkatā 'ti. ADHIMATTĀ 'ti vā pāṭho. ativiyamattā mānamadamattā mānanissitā 'ti attho. TAVĀ 'ti bhotiyā.

7. *b*. SĀMIKENA SADDHIṂ ĀMANTAYĪTI sāmikena saddhiṃ allāpasallāpavasena kathesi.

9. *d*. KHAJJASI KACCHUYĀ[1] 'ti kacchurogena khādīyasīti attho.

10. *a*. BHESAJJAHĀRĪTI bhesajjahāriṇiyo osadhihārikāyo. UBHAYO 'ti duve tvañ ca ahañ cā 'ti attho. VANANTAN 'ti vanaṃ.

c. TVAÑ CA BHESAJJAM AHĀRĪ ti[2] tvaṃ vejjehi vuttaṃ attano upakārāvahaṃ bhesajjaṃ āhari.

d. AHAÑ CA KAPIKACCHUNO 'ti ahaṃ pana kapikacchuphalāni dupphassaphalāni āhariṃ. kapikaccha (*sic*) 'ti vā sayaṃguttā vuccati tasmā sayaṃguttāya pattaphalāni āharantīti attho.

11. *b*. SEYYAṂ TY AHAṂ SAMOKIRIN 'ti tava seyyaṃ ahaṃ kapiphalapattehi samantato avakiri.

13. *a*. SAHĀYĀNAN 'ti mittānaṃ SAMAYO 'ti samāgamo ÑĀTĪNAN 'ti bandhūnaṃ SAMITIN 'ti saṃnipāto.

c. ĀMANTITĀ 'ti maṅgalakiriyāvasena nimantitā.

d. SASĀMĪ ti sapatikā saha bhattunā 'ti attho. NO CA KHO AHAṂ KHO (*sic*) 'ti no ca kho ahaṃ āmantitā āsin 'ti yojanā.

14. *b*. DUSSAṂ TY ĀHAN 'ti dussan te ahaṃ. APĀNUDIN [illegible]ikāya avahariṃ aggahesiṃ.

1[illegible]. [illegible]. PACCAGGHAN 'ti abhinavaṃ mahagghaṃ vā. ATHĀRESIN[3] 'ti khipi.

17. *b*. GŪTHAGANDHINĪTI gūthagandhagandhinī karīsavāyinī.

18. *d*. YAṂ GEHE VIJJATE DHANAN 'ti yaṃ gehe dhanaṃ upalabbhati[4] taṃ tuyhaṃ mayhaṃ ñāti-amhākaṃ UBHINNAṂ SAMAKAṂ tulyam eva āsi.

19. *a*. SANTESU 'ti vijjamānesu.

---

[1] D. khajjuyā. [2] D. bhesajjahārīti.
[3] C. āthā.° [4] C. upalabbheti.

b. DĪPAN 'ti patiṭṭhaṃ puññakammaṃ saṃdhāya vadati.

20. *a.* Tattha TAD EVĀ 'ti tadā evaṃ. mayhaṃ manussattabhāve ṭhitakālo yeva. tath' evā 'ti vā pāṭho.

b. . . . PĀPAKAMMAN 'ti ādi vuttaṃ pāpakammānīti pāḷi.

21. *a.* Tattha VĀMATO MAṂ TVAṂ PACCEESĪTI vilomato maṃ tvaṃ avagacchasi tuyhaṃ bitesī na paccanikakārinī katvā maṃ gaṇhāsi.

b. MAṂ USŪYASĪTI mayhaṃ issayasi mayhaṃ issaṃ karosi.

22. *c.* . . . PARIVĀRENTI paribhuñjante. IME 'ti hi liṅgavipallāsena vuttaṃ.

23. *a.* IDĀNI BHŪTASSA PITĀ 'ti idāni bhūtassa mayhaṃ puttassa pitā kuṭumbiko ĀPANĀ āpanato imaṃ gehaṃ ehiti āgamissati.

d. MĀ SU TĀVA ITO AGĀ 'ti ito gehassa pacchā vatthuto mā tāva agamāsīti anukampanā āha.

24. *c. d.* Tattha KOPĪNAM ETAṂ ITTHĪNAN 'ti etaṃ naggādubbaṇṇatādikaṃ paṭicchādetabbatāya itthīnaṃ kopīnaṃ rundhamānanaṃ. MĀ MAṂ BHŪTAPITĀDDASĀ 'ti tasmā bhūtassa pitā kuṭumbiko mā maṃ addakkhīti lajjamānā 'va vadati.

26. *a. b.* Tattha CATTĀRO BHIKKHŪ SAṂGHATO CATTĀRO PANA PUGGALĀ 'ti bhikkhusaṃghato saṃghavasena cattāro bhikkhū puggalavasena cattāro bhikkhū 'ti evaṃ aṭṭha bhikkhū yathā ruciṃ bhojetvā taṃ dakkhiṇaṃ mama ādisi mayhaṃ pattidānaṃ dehi.

35. *b.* VASAVATTĪNAN 'ti dibbena ādhipateyyena attano vasaṃ vattentānaṃ.

36. *a.* SAMŪLAN 'ti salobhadosaṃ lobhadosā hi macchariyassa mūlaṃ nāma.

II. 4.

1. *a. b.* Tattha KĀLĪ ti kālavaṇṇā jhāmaṅgārasadisā ahosi. PHARUSĀ 'ti kharattā. BHĪRUDASSANĀ 'ti bhayānakadassanā sappaṭibhayākārā. bhīrudassanā 'ti (?) vā pāṭho. bhīrudassanā dubbaṇṇatādinā duddasikā 'ti attho.

c. PIṄGALĀ 'ti piṅgalalocanā. KALĀBĀ 'ti kalārada[illegible]

II. 6.

1. Tattha KAṆHĀ[1] 'ti Vāsudevagottenālapati. KO ATTHO SUPINENA TE 'ti supinena tuyhaṃ kā nāma vuḍḍhi. SAKO BHĀTĀ 'ti sodariyo bhātā. HADAYAṂ CA CAKKHUṂ CA DAKKHIṆAṂ 'ti hadayena me 'va dakkhiṇacakkhu nāma sadiso 'ti attho. TASSA VĀTĀ BALĪYANTĪTI tassa aparāparaṃ uppajjamānā ummādavātā balavanto hontīva hyanti (*sic*) abhibhavanti. JAPPATĪTI sasaṃ me dethā 'ti vippalapati. KESAVĀ 'ti so kira kesānaṃ sobhanānaṃ atthitāya KESAVO 'ti voharīyati tena taṃ nāmena ālapati.

3. *b.* DVĀRAKAṂ 'ti Dvāravatīnagaraṃ.

7. *a.* Tattha SĀTĪti kaniṭṭham ālapati. ayaṃ c' ettha attho mayhaṃ piyañāti yaṃ atimadhuraṃ attano jīvitaṃ taṃ vijahissasi maññe yo appatthetabbaṃ patthesīti.

11. *c.* PAHŪTADHANADHAÑÑĀSE[2] ti tiṇṇaṃ catuṇṇaṃ vā saṃvaccharānaṃ atthāya nidahitvā ṭhapetabbassa niccayaparicca yabhūtassa dhanadhaññassa vasena apariyantadhanadhaññā.

12. *c.* ETE ti yathāvuttakhattiyādayo AÑÑĀ 'ti anantarā evavaṇṇabhūtā Ambaṭṭhādayo. JĀTIYĀ 'ti attano jātinimittaṃ ajarāmaraṇā nāhesun 'ti attho.

13. *a.* MANTAṂ 'ti vedaṃ. PARIVATTENTĪTI sajjhāyanti vācenti ca. atha vā parivattentīti anuparivattentā homaṃ karontā japanti.

b. CHAḶAÑGAṂ 'ti sikkhā-kāvya-nirutti-vyākaraṇa-joti[illegible]a-chandādīhīti saṃkhātehi chahi aṅgehi yuttaṃ. [illegible]TTAṂ 'ti brāhmaṇānam atthāya brāhmaṇacintitaṃ kathitaṃ.

c. VIJJĀYĀ 'ti brāhmaṇasadisavijjāya samannāgatā pi.

20. *c.* ANVESI anudesi.

II. 7.

4. *a.* Tattha DASAṆṆĀNAṂ 'ti Dasaṇṇaraṭṭhassa evaṃ nāmakānaṃ ca rājūnaṃ. ERAKACCHAṂ 'ti tassa nagarassa nāmaṃ.

---

[1] C. °ṇho. [2] D. °ñose.

5. *a*. Tattha SAKAṬAVĀHĀNAN 'ti vīsatikhāriko vāho so sakaṭan 'ti pavuccati. tesaṃ sakaṭavāhānaṃ asīti hiraññassa kahāpaṇassa me ahosīti yojanā.

10. *c*. Yo SAṂYAMO so VINĀSO 'ti lobhādivasena yaṃ saṃyamanaṃ kassaci pi adānaṃ so imesaṃ sattānaṃ vināso nāma petayoniyaṃ nibbatapetānaṃ mahāvyasanassa hetubhāvato YO VINĀSO SO SAṂYAMO 'ti iminā yathā vuttassa sattassa ekantikābhāvaṃ vadati.

11. *a*. Tattha SAṂYAMISSAN 'ti sayaṃ pi dānādipuññakiriyato saṃyamanaṃ saṃkopaṃ akāsim.

17. *d*. UPAOCHĀPI PHALĀYITAN (*sic*) 'ti uppatitvā ākāsena gacchantānaṃ pi mokkho natthi yevā 'ti attho. upeccā 'ti pi pāḷi. ito vā etto vā palāyante tumhe 'nubandhissatīti adhippāyena upecca saṃcicca palāyantānaṃ pi tumhākaṃ tato mokkho natthi.

18. *a*. MATTEYYĀ 'ti mātu upaṭṭhānakarā tathā petteyyā 'ti veditabbo.

II. 8.

1. *a*. Tattha PABBAJITO 'ti samaṇo. Rājā kira taṃ naggattā ca muṇḍattā pi naggo samaṇo ayan 'ti saññāya NAGGO KISO PABBAJITO sīti ādim āha.

b. Tassa KISSA HETU 'ti kiṃ nimittaṃ.

d. SABBENA VITTAṂ PAṬIPĀDAYE TUVAN 'ti pahiyā upakaraṇabhūtaṃ vittaṃ sabbena bhāgena tuyhaṃ ajjhāsayānurūpaṃ sabbena vā ussāhena paṭipādeyya tadā kātuṃ mayaṃ app eva sakkuṇeyyāma tasmā ācikkha me taṃ etaṃ tava āgamanakāraṇaṃ mayhaṃ kathehīti attho.

2. *a*. Tattha DŪRAGHUṬṬHAN 'ti dūrato evaṃ tulāsaṃkitanavāsena ghositaṃ sabbattha vissutaṃ pākaṭan 'ti attho.

b. ADDHAKO 'ti aḍḍho mahāvibhavo. DĪNO 'ti nihīnacitto adānajjhāsayo. tenāhaṃ ADĀTĀ GATHITAMANO ĀMISASMIN 'ti kāmāmise laggacitto gedhaṃ āpanno.

3. *a*. So SŪCIKĀYA KILAMITO 'ti so ahaṃ vijjhanatthena sūcisadisatāya sūcikāya laddhanāmāya jighacchāya kila[illegible] nirantaraṃ vijjhamāno. KILAMATHO 'ti ico evaṃ vā [illegible]

4. *c*. UPAKKHATAN 'ti sajjitaṃ. PARIVISANTĪ [illegible]jayanti.

5. *d.* SADDHĀYITAṂ 'ti saddhāyitabbaṃ HETUVANI 'ti hetuyuttaṃ vacanaṃ.

8. *a.* PARIVISAYĀNĀ 'ti bhojetvā.

9. *a.* NIPATITVĀ 'ti nikkhamitvā.

c. ĀROCAYI PAKATIṂ TATHĀGATASSĀ 'ti idaṃ dānaṃ bhante aññataraṃ petaṃ saṃdhāya katan 'ti pakatipavuttiṃ bhagavato arocesiṃ.

II. 9.

Tatrāyaṃ saṃkhepakathā.

Ye te Uttaramadhurādhipatino rañño Mahāsāgarassa puttā Upasāgaraṃ paticca Uttarāpatho Kaṃsabhogo Asitañjanigāme Mahākaṃsassa dhītāya Devagabbhāya kucchiyaṃ uppannā Añjanadevī Vāsudevo Baladevo Candadevo Suriyadevo Aggidevo Varuṇadevo Ajjuno Pajjuno Ghatapaṇdito Aṅkuro cā 'ti Vāsudevādayo dasa bhātikā 'ti ekādasa bhātikā khattiyā. tesu Vāsudevādayo bhātaro Asitañjananagaraṃ ādim katvā Dvāravatīpariyosānesu sakala-Jambudīpesu tesaṭṭhiyā nagarasahassesu sabbe rājāno cakkena jīvitakkhayaṃ pāpetvā Dvāravatiyaṃ vasamānā rajjaṃ dasa koṭṭhāse katvā vibhajiṃsu. bhaginiṃ pana Añjanadeviṃ na sariṃsu. puna saritvā ekādasa koṭṭhāse karomā 'ti vutte tesaṃ sabbakaniṭṭho Aṅkuro nāma mama koṭṭhāsaṃ tassā detha ahaṃ vohāraṃ katvā jīvissāmi tumhe attano attano janapadesu suṅkaṃ mayhaṃ vissajjethā 'ti [illegible] te sādhū 'ti sampaṭicchitvā tassa koṭṭhāsaṃ bhaginiyā [illegible] datvā nava rājāno Dvāravatiyaṃ vasiṃsu. Aṅkuro pana vaṇijjaṃ karonto niccakālaṃ mahādānaṃ deti. tassa pan' eko dāso bhaṇḍāriko atthakāmo ahosi. Aṅkuro pasannamānaso tassa ekaṃ kuladhītaraṃ gahetvā adāsi. so putte gabbhagate yeva kālam akāsi Aṅkuro tasmiṃ jāte tassa pituno dinnaṃ bhattavetanaṃ adāsi. atha tasmiṃ dārake vayappatte dāso na dāso 'ti rājakule vinicchayo uppajji taṃ sutvā Añjanadevī dhenūpamaṃ katvā mātubhujissāya putto pi bhujisso evā 'ti dāsavyato mocesi. dārako pana lajjāya tattha vasituṃ avisahanto Bheruvanagaraṃ gantvā tattha aññatarassa tantavāyassa dhītaraṃ gahetvā tantavāyasippena jīvitaṃ kappesi.

Tena samayena Bheruvanagaro Asayhamahāseṭṭhī nāma samaṇabrāhmaṇakapaṇiddhikavanibbakayācakānaṃ mahādānaṃ deti. so tantavāyo seṭṭhino gharaṃ ajānantānaṃ pītisomanassajāto hutvā Asayhasatthino nivasanaṃ dakkhiṇaṃ bāhuṃ pasāretvā dassesi. ettha gantvā laddhabbaṃ labhantū 'ti. tassa kammaṃ pāḷiyaṃ yeva āgataṃ.

So aparena samayena kālaṃ katvā Marubhūmiyaṃ aññatarasmiṃ nigrodharukkhe bhummadevatā hutvā nibbatti tassa dakkhiṇahattho kāmadado ahosi. tasmiṃ yeva Bheruve aññataro puriso Asayhaseṭṭhino dāne vyāvato assaddho appasanno micchādiṭṭhiko puññakiriyāya anādaro kālaṃ katvā tassa devaputtassa vasanaṭṭhānassa avidūre peto hutvā nibbatti. tena ca katakammaṃ pāḷiyaṃ yeva āgataṃ. Asayhamahāseṭṭhī pana kālaṃ katvā Tāvatiṃsabhavane Sakkassa devaraññño sahavyataṃ upagato.

Atha aparena samayena Aṅkuro pañcahi sakaṭasatehi bhaṇḍaṃ ādāya aññataro pi brāhmaṇo pañcahi sakaṭasatehīti dve janā sakaṭasahassehi Marukantāramaggaṃ paṭipannā maggamūḷhā hutvā bahudivase tatth' eva vicarantā parikkhīṇatiṇodakāhārā ahesuṃ. Aṅkuro assadūtehi catūsu disāsu pānīyaṃ maggāpesi. atha so kāmadadahattho yakkho taṃ tessaṃ vyasanappattiṃ disvā Aṅkurena pubbe attano kataṃ upakāraṃ cintetvā handa dāni imassa mayā avassayena bhavitabban 'ti attano vasanavaṭarukkhaṃ dassesi. so kira vaṭarukkho sākhāviṭapasampanno ghanapalāso sandacchāyo anekasahassapāroho āyāmena vitthārena ubbedhena ca yojanaparimāṇo ahosi. taṃ disvā Aṅkuro haṭṭhatuṭṭho tassa heṭṭhā khandhāvāraṃ bandhāpesi. yakkho attano dakkhiṇahatthaṃ pasāretvā paṭhamaṃ tāva pānīyena sabbaṃ janaṃ saṃtappesi. tato yo yo yaṃ yaṃ icchati tassa tassa taṃ taṃ adāsi. evaṃ tasmiṃ mahājane nānāvidhena annapānādinā yathākāmaṃ saṃtappite vūpasante maggaparissame so brāhmaṇavāṇijo ayoniso ummajjanto evaṃ cintesi dhanalābhāya ito Kambojaṃ gantvā mayaṃ kiṃ karissāma imam eva pana yakkhaṃ [illegible] kenaci upāyena gahetvā yānaṃ āropetvā ambhākaṃ n[illegible]m eva gamissāma 'ti. evam pana cintetvā tam a[illegible] Aṅkurassa kathento. . . . gāthādvayam āha.

1. *b*. DHANAHĀRAKĀ 'ti bhaṇḍavikkayena laddhadhanahārino. . . .

d. NIYĀMASE 'ti nayissāma.

2. *b*. SĀDHUKENĀ 'ti yācanena PASAYHĀ 'ti abhibhavitvā balakkārena.

6. *c*. Tattha SAMŪLAM PI TAṂ ABBUYHĀ 'ti taṃ tattha saha mūlena samūlaṃ pi abbūheyya uddhareyyā 'ti attho.

8. *d*. ADUBBHAPĀṆĪTI ahiṃsakahattho hatthasaṃyato ḌAHATE MITTADUBBHIN 'ti taṃ mittadubbhipuggalaṃ ḍahati vināseti.

9. *c*. ALLAPĀṆIHATO POSO 'ti allapāṇi nāma upakārakiriyāya allapāṇinā dhotabatthena pubbakāriṇā heṭṭhā vuttanayena hato bādhito tassa vā pubbakārino bādhanena hato allapāṇinā akataññupuggalo.

11. *b*. HAN 'ti asahane nipāto NA SUPPASAYHO 'ti appadhaṃsiyo.

12. *b*. PAÑCADHĀRO 'ti pañcahi aṅgulīhi parehi kāmitavatthūnaṃ dhārā ekassa santīti pañcadhāro MADHOSSAVO 'ti madhurasavissandako.

16. *a*. ĀVESANAN 'ti gharaṃ kammakaraṇasālā vā.

17. *b*. VANIBBAKĀ 'ti vaṇṇidīpakā ye dāyakassa puññaphalādīnañ ca guṇakittanādimukhena attano atthikabhāvaṃ pavedentā vicaranti.

23. *a*. ASAYHASĀHINO 'ti aññehi maccharīhi lobhābhibhūtehi sahituṃ asakkuneyya pariccādivibhāgassa sappurisassa madhurassa sahanato Asayhasāhino. AṄGĪRASASSĀ 'ti aṅgato [illegible]manajutissa, raso 'ti hi jutiyā adhivacanaṃ.

c. SUTAÑ CA ME VESSAVAṆASSA SANTIKAN 'ti api ca kho upaṭṭhānaṃ gatena Vessavaṇamahārājassa santike sutaṃ etaṃ mayā.

25. *c*. PAṬṬHĀPAYISSĀMI ti pavattessāmi.

27. *a*. Tattha KOṆḌĀ 'ti kuṇitā paṭikuṇitā anujubhūtā.

b. KUṆḌALĪKATAN 'ti mukhavikārena vikucitaṃ saṃkuṇḍitam: PAGGHARANTĪ ti asuciṃ visandenti.

28. *b*. GHARAM ESINO 'ti gharam āvasantassa gahaṭṭhassa.

32. *b*. PARAPATTIYAṂ parena pāpetabbaṃ sādhetabbaṃ kareyya. . . .

37. *c*. SANTĀNĪTI parissamasampattāni[1] YOGĀNĪTI

---

[1] C. parissamappattān'.

rathayugavāhanakā. ITO YOJENTU VĀHANAṂ 'ti ito yoggā samūhato yathā ruciṃ taṃ gahetvā vāhanaṃ yojentu.

38. *c.* ITI SU 'ti nipātamattaṃ. . . . KAPPAKĀ 'ti nahāpikā SŪDĀ 'ti bhattakārā. MĀGADHĀ 'ti gandhino.

42. *d.* SURIYASS UGGAMANAṂ PATI ti suriyassa gamanavelāya.

44. *a.* Tattha NA SADDAVITTĀNI ti saviññāṇakāviññāṇakappabhedāni sabbāni vittūpakaraṇāni dhanānīti attho. PARE 'ti parasmiṃ parassā 'ti attho. NA PPAVECCHATI na dadeyya dakkhiṇeyyo laddhā 'ti katvā kiñ ci asesetvā sabhasāpateyyapariccāgo na kātabbo 'ti attho.

50. Taṃ sutvā Aṅkuro Dakkhiṇapathaṃ gantvā Damiḷavisaye samuddassa avidūraṭṭhāne mahatiyo dānasālāyo kārāpetvā mahādānāni pavattento yāvatāyukaṃ ṭhatvā kāyassa bhedā paraṃ maraṇā Tāvatiṃsabhavane nibbatti. tassa dānavibhūtiṃ saggūpapattiñ 'ca dassento saṃgītikārā . . . gāthā āhaṃsu.

51. *a.* TISAHASSĀNI SŪDĀNAṂ 'ti ca paṭhanti.

c. PĀVAṬĀ ussukkaṃ āpannā.

52. *d.* KAṬṬHAṂ PHĀLENTI MĀṆAVĀ 'ti dānappakārānaṃ khajjabhojjanādi-āhāravisesānaṃ pacanāya alaṃkatapaṭiyattā taruṇamanussā kaṭṭhāni phālenti vidālenti.

53. *d.* VIDHĀ 'ti vidhātabbāni bhojanayogāni kaṭukabhaṇḍāni piṇḍentīti pi savanavasena yojenti.

54. *d.* DABBIGĀHĀ 'ti kaṭacchugāhikā UPAṬṬHITĀ 'ti parivesanaṭṭhānaṃ upagantvā ṭhitā honti.

55. *d.* VITTIṂ KATVĀ 'ti gāravabahumānayogena cittena karitvā pūjetvā.

68. *a.* CODITO BHĀVITATTENA 'ti pāramiparibhāvitāya ariyamaggabhāvanāya bhāvitattena sammāsambuddhena codito.

d. Tattha DAKKHIṆEYYENA SUÑÑATAṂ 'ti yaṃ dakkhiṇeyyena suññattaṃ rittakaṃ virahitaṃ tadā mahādānaṃ tasmā kiṃ mayhaṃ tena dānenā 'ti attano dānapuññaṃ dānaṃ hīlento vadati.

70. *a.* UJJHAṄGALE 'ti atiriyathaddhabhūmibhāge. upa. . 'ti keci vadanti.

72. *c.* Tattha SAMMĀDHĀRAṂ PAVECCHANTĪ ti (*sic*) vuṭṭhi-

dhāraṃ[1] sammad eva pavattente aḍḍhamāsaṃ anudasāhaṃ anupañcāhaṃ deve vassante 'ti attho.

78. *b*. TĀDĪSU 'ti itthādīsu tādilakkhaṇapattesu.

c. KĀRAN 'ti liṅgavipallāsena vuttaṃ upakāro 'ti attho.

II. 10.

1–2. Imā dve gāthā saṃgītikārehi idha ādito ṭhapitā.

1. *d*. Tattha BHĪRUDASSANĀ 'ti bhayānakadassanā bhīrudassanā (?) 'ti vā pāṭho. bībhacchabhīrudassanā 'ti attho.

2. *b*. YĀVA BHUMMĀVALAMBARE 'ti yāva bhūmi 'volambanti.

3. *f*. PĀNĪYĀYĀ 'ti pānīyatthāya āhiṇḍantiyā me pānīyaṃ dehi bhante 'ti yojanā.

7. *d*. PAVECCHATĪti deti. . . . idaṃ pana dutiyapetavatthuṃ dutiyasaṃgītiyaṃ pana saṃgahaṃ ārūḷhan 'ti daṭṭhabbaṃ.

II. 11.

4. *a*. Tattha SATTĀ 'ti vibhattilopena niddeso nissakke vā etaṃ paccattavacanaṃ. VASSASATĀ 'ti vassasatato sattahi vassasatehi uddhaṃ tvaṃ idhāgatā imaṃ vimānaṃ āgatā idhāgatāya tuyhaṃ satta vassasatāni hontīti attho.

6. *b*. THERIN 'ti thāvariu 'ti chinnakhinnan 'ti attho.

II. 12.

2. *d*. PUṆḌARĪKASAMOGATĀ 'ti setapadumehi ca samokiṇṇā.

3. *a*. SURABHĪ SAMPAVĀYANTĪti sammad eva sugandhaṃ vāyati pokkharaṇīti adhippāyo.

c. HAṂSAKOÑCĀBHIRUDĀ 'ti haṃsehi ca koñcehi ca abhināditā.

4. *b*. NĀNĀSARAGAṆAYUTĀ 'ti nānā vividhavihaṃgavibhīrudāsamūhayuttā[2].

7. *a*. KAMBUKĀYŪRADHARĀ 'ti saṅkhavalayakāyūravibhūsitā KAÑCANĀVELAVIBHŪSITĀ 'ti suvaṇṇavatthaṃsakasamalaṃkatakesahatthā.

8. *a*. KADALĪMIGASAMCHANNĀ 'ti kadalīmigacammaṇacchat-

---

[1] D. vuddhi°. [2] D. °bhu°.

tharaṇatthā. SAMJĀ 'ti[1] saṃṭhitā sayituyuttarūpā. OOṆAKA-SAṂṬHITA 'ti dīghalomakena javena saṃṭhitā 'ti.

10. *b*. SADDALE 'ti taruṇatiṇasaṃchayo. SUBHE 'ti suddhe SUBHE 'ti vā tassā ālapanaṃ.

c. Sa KAṆṆAMUṆḌO 'ti khaṇḍitakaṇṇo chinnakaṇṇo.

11. *a*. KHĀYITĀ ĀSĪTI khāditā ahosi.

b. AṬṬHISAṂKHALIKĀ KATĀ 'ti aṭṭhisaṃkhalitamattā katā.

12. *a*. AṄGAPACCAṄGAN (?) 'ti paripuṇṇasabbaṅgapaccaṅgavatī.

15. *a*. Tattha ONAṆṆAN 'ti etaṃ na yuttaṃ. N'ETAṂ PAṬIRŪPAN 'ti tass' eva vacanaṃ YAN 'ti kiriyāparāmasanaṃ ATICARĀSĪTI. aticarasi ayam eva pāṭho. yaṃ maṃ tvaṃ aticarasi tattha yaṃ aticaraṇaṃ n'etaṃ channaṃ n'etaṃ paṭirūpan 'ti attho.

II. 13.

3. *b*. SAṂPANNACARAṆO 'ti sīlasaṃpadāya indriyesu guttadvāratā bhojane mattaññutā jāgariyānuyogo satta saddhammā cattāri rūpāvacarajjhānānīti imehi paṇṇarasehi caraṇasaṃkhatehi guṇehi sampanno samannāgato caraṇasampanno 'ti attho.

d. Yo tatthāsuṃ samāgatā 'ti vā pāṭho.

7. *a*. Tattha CHAḶASĪTISAHASSĀNĪTI chasahassādhika-asītisahassānīti chasahassādhika-asītisahassasaṃkhā.

11. *a*. Tattha ĀTUME 'ti attani ITTHIBHŪTĀYĀ 'ti itthibhāvaṃ upagatāya DĪGHARATTĀYĀ 'ti dīgharattaṃ. ayaṃ h'ettha adhippāyo itthibhūtāya attani sabbakālaṃ itthī yeva hoti udāhu purisabhāvaṃ pi upagacchatīti. YASSĀ ME ITTHIBHŪTĀYĀ 'ti yassā mayhaṃ itthibhūtāya evaṃ tāva bahu saṃsāre mahesībhāvaṃ mahāmuni tvaṃ bhāsasi kathesīti attho. ā hu me itthibhūtā 'ti pāṭho. tattha ā 'ti anussaraṇatthe nipāto. hu me 'ti sayaṃ anussaritaṃ aññātam idaṃ mayā itthibhūtāya itthibhāvaṃ upagatā evaṃ mayhaṃ ettakaṃ kālaṃ aparā 'va anuppatti ahosi. kasmā. yassā me itthibhūtāya sabbesaṃ anupubbena mahesittaṃ akārayi tvaṃ mahāmuni saṃsāre bahuṃ tāpesīti yojanā.

12. Tenāha bhagavā. anamataggāyaṃ bhikkhave

[1] C. sajjitā 'ti.

sāro pubbā koṭi na paññāyati avijjānīvaraṇānaṃ sattānaṃ taṇhāsaṃyojanānaṃ saritabbā na 'ti.

19. *a.* ABHĀVETVĀ 'ti vaḍḍhetvā bruhetvā. ābhāvetvā 'ti keci paṭhanti tesaṃ ākāro nipātamattaṃ.

III. 1.

1. *c.* PUDDAḌḌHAPETO VĀ 'ti kāyassa purimaḍḍhena apeto viya apetayoniko devaputto viya.

2. *a.* Tattha CUNDATTHIKAN (!) 'ti evaṃ nāmakaṃ gāmaṃ. ANTARE VĀSABHAGĀMAṂ BĀRĀṆASIYĀ SANTIKE 'ti Vāsabhagāmassa Bārāṇasiyā ca majjhe. antarāsaddayogena h'etaṃ sāmī-attho upayogavacanaṃ. Bārāṇasiyā santike hi so gāmo 'ti ayaṃ h'ettha attho.

3. *d.* PĪTAKAÑ CA YUGAṂ ADĀ 'ti pītakaṃ suvaṇṇavaṇṇaṃ ekaṃ vatthayugañ ca adāsi.

4. *d.* THĀNE 'ti ṭhānaso taṃ khaṇaṃ yeva.

6. Tattha SĀHUṆṆAVĀSINO 'ti chinnabbinnapilotikakhaṇḍanivasanā. KESANIVĀSINO 'ti keseh' eva paṭicchāditakopīnā.

7. *d.* BHŪMIYAṂ PAṬISUMBHITĀ 'ti tāyā eva pucobāya (? mu°) uppattiyā ṭhatvā avakhittamattikā piṇḍā viya visaṭṭhā paṭhaviyaṃ patitā.

8. *a.* TATTHĀ 'ti gataṭṭhāne BHŪMIYAṂ PAṬISUMBHITĀ 'ti pāpats patitā viya jighacchādidukkhena ṭhātuṃ asamatthabhāvena bhūmiyaṃ patitā. tattha vā gataṭṭhāne ghāsādi-[illegible]ṃ alābhena chinnāsā hutvā kenaci paṭimukhaṃ sumbhitā pa[illegible] viya bhūmiyaṃ patitā hontīti attho.

9. *d.* DĪPAN 'ti patiṭṭhaṃ puññan 'ti attho.

11. *d.* PAṬIOGAHE 'ti gaṇhanake.

12. *b.* Idāni NO na kiñci upakappatīti adhippāyo. na dāsiyo tān' evābharaṇāni NO 'ti etthāpi es' eva nayo. tattha NO 'ti amhākaṃ. TE 'ti gharādike AÑÑO 'ti apare PARIHĀRENTĪTI paricaranti. paribhogā 'ti vasena niyogaṃ karontīti attho.

13. *a.* Tattha VEṆĪ VĀ 'ti veṇī veṇijātikā vilīvakārā naḷakārā hontīti attho. vā saddo aniyamattho. AVAÑÑĀ 'ti avaññeyyā avajānitabbā. vuttaṃ hoti vambhanā 'ti vā pāṭho. parehi bādhanīyā 'ti attho.

d. NAHĀMINĪti kappakajātikā.

17. *c*. VIJITAṄGĀ 'ti vijjamānadehā MORAHATTHEHĪti morapiñjapaṭimaṇḍitavījanīhatthehi.

18. *a*. AṄKATO AṄKAṂ GACCHANTĪ ti dārakakāle pi ñātīnaṃ dhātīnañ ca aṅkaṭṭhānato aṅkaṭṭhānam eva gacchanti na bhūmitalan 'ti adhippāyo.

III. 2.

1. *a*. Kuṇḍinagaro 'ti vā pāṭho.

b. SĀNUVĀSINIVĀSINO 'ti Sānuvāsipabbatanivāsī.

d. BHĀVITINDRIYO 'ti ariyamaggabhāvitasaddhādi-indriyo arahā 'ti attho.

3. *a*. SŪCIKAṬṬHĀ 'ti pūtinā lūkhavaṇṭādinā[1] aṭṭhakā, sūcigatā 'ti vā pāṭho. vijjhanatthena sūcikā 'ti laddhanāmāya khuppipāsāya ajjhāpīḷitā. sūcikaṇṭhā[2] 'ti keci paṭhanti sūcichiddasadisā mukharā 'ti attho.

d. KURŪRINO 'ti dāruṇakammantā.

4. *a*. VITARITVĀ 'ti vitiṇṇo hutvā otappasaṃtāsabhayo 'ti attho. VITURETVĀ[3] 'ti vā turito hutvā taramānarūpo hutvā 'ti vuttaṃ hoti.

b. EKAPATHE 'ti ekapadike magge EKAKO 'ti ekiko adutiyo.

c. CATUKUṆḌIKO BHAVITVĀNA 'ti catūhi aṅgehi kuṇḍo 'ti attabhāvaṃ pavattetīti catukuṇḍiko. dvīhi jānūhi dvīhi hatthehi gacchanto 'ti ca evaṃbhūto hutvā 'ti attho. so hi evaṃ purato koci na paṭicchādanā hotīti tathā akāsi.

d. THERASSA DASSAYI 'TUMAN 'ti therassa attānaṃ uddissayi uddisesi.

9. *d*. BHATTAVISSATTAKĀRAṆĀ 'ti bhattakicca(ṃ)kāraṇā bhuñjananimittaṃ.

22. *a*. KŪṬĀGĀRĀ NIVESANĀ 'ti kūṭāgārabhūtā tadaññanivesanasaṃkhātā ca gharā liṅgavipallāsavasena h'etaṃ vuttaṃ.

24. *c*. KARAKAN 'ti dhammakarakaṃ.

27. *d*. VĀRIKIÑJAKKHAPŪRITĀ 'ti tattha tattha vārimatthake padumuppalādīnaṃ kesarabhāgehi[4] saṃchāditavasena pūritā.

---

[1] C. lukhavatthādinā. [2] D. °kaṭṭhā.
[3] D. vita°. [4] C. °bhārehi.

28. *d.* PHALANTĪti pupphanti. paṇhikapariyantādīsu vidāsentīti attho.

29. *b.* SAKKHARE KUSAKAṆṬAKE 'ti kusakaṇṭakavati ca bhūmibhāge sakkhare kusakaṇṭake akkamantā 'ti attho.

30. *a.* SIPĀTIkau 'ti ekapaṭalaṃ upāhanaṃ.

31. *b.* RATHENA M-ĀGAMUN 'ti makāro padasaṃdhikaro.

III. 3.

1. *d.* PATHADDHANĪTI attano pathabhūte addhani gaganatalamatte 'ti attho. PAṆṆARASE VA CANDIMĀ 'ti puṇṇamāsiyaṃ paripuṇṇamaṇḍalo cando viya vijjotamānā 'ti attho.

2. *a.* VAṆṆO CA TE KANAKASSA SAṂNIDHO 'ti tava vaṇṇo uggattasiṅgi—(C. uttagga°, uttatta°?) suvaṇṇena sadiso ativiyamanoharo tenāha UGGATARŪPO (C. uttagga°) BHUSADASSANĪYĀ 'ti.

c. ATULE 'ti mahārahe. atule hi vā devatāya ālapanaṃ asadisarūpe 'ti attho.

3. *b.* PAHŪTAMĀSĀ (C. D. °esā) kamalakuvalayādibahuvividhakusumavatiyo.

c. SAMAṄGAMOTAKĀ 'ti samantato okiṇṇā.

d. PAṄKO PAṆṆAKO CĀ 'ti kaddamo vā udakacikkhalo vā na vijjati.

4. *c.* SAMAYYĀ 'ti saṃgamma.

d. VIDUSSARĀ 'ti (*sic*) vissaṭṭhassarā sampiṇḍitassarā.

5. *b.* NĀVĀYĀ 'ti doṇiyaṃ pokkharaṇiyaṃ hi padumini savaṇṇanāvāya mahārahe pallaṅke nisīditvā udakakūlaṃ [illegible] (D. °ntē) disvā evam āha. AVALAMBA 'ti olambitvā apassenāpasāya (C. appasayyā) tiṭṭhasīti.

c. ĀLĀRACAMHE 'ti (C. ālārēcāmbbe 'ti) vellitadīghanīlapamukhe.

6. *c.* ANOMADASSANE 'ti paripuṇṇaṅgatāya nandanadassane.

7. *a.* Tattha KAROHI KAMMAṂ IDHA VEDANĪYAN 'ti idha imasmiṃ dibbaṭṭhāne vipaccanakavipākadāyakaṃ kusalakammaṃ karohi pasaveyyāsi. IDHA NĪTAN 'ti idh' ūpanitaṃ. Idhāninam 'ti (?) vā pāṭho imasmiṃ ṭhāne ninnaponapabbhāraṃ tava cittaṃ bhavatu hotu.

8. *c.* TAHIṂ VEDANĪYĀN 'ti tasmiṃ vimāne tāya saddhiṃ

veditabbasukbaṃ vipākaṃ kusalakamma. . . . athāyasmā Mahāmoggallāno ekadivasaṃ pabbatacārikaṃ caramāno taṃ vimānañ ca vimānapetiñ ca disvā veḷuriyatbambbaṃ ruciraṃ pabhassaran 'ti ādikāhi gāthāhi pucchi.

III. 4.

1. *a*. Tattha BHUSĀNĪTI palāsāni EKE 'ti eko SĀLIN 'ti sālino sāmi-atthe h'etaṃ upayogavacanaṃ. sālino palāsāni pajjalantāni attano sīse avakiratīti adhippayo. PUNĀPARE 'ti puna aparo yo hi so mātu sīsaṃ paharati so ayomuggarehi attano sīsaṃ paharitvā sīsabhedaṃ pāpuṇāti. taṃ saṃdhāya vadati SAKAMAṂSALOHITAN 'ti attano piṭṭhimaṃsalohitañ ca paribhuñjatīti yojanā. AKANTIKAN 'ti akantaṃ amanāpaṃ jegucchaṃ.

III. 5.

1. *e*. SĪVATHIKĀYĀ 'ti susāne.

AṄGUṬṬHASNEHENĀ 'ti aṅguṭṭhato pavattasinehena devatāya aṅguṭṭhato paggharitakhīrenā 'ti attho.

2. *c*. PALAHISU PĀDE 'ti attano jivhāya pāde palahiṃsu.

3. *d*. SĀSAPADHŪPANAṂ VĀ 'ti yaṃ jātassa dārakassa rakkhanatthāya sāsapena dhūpanaṃ karonti.

4. *b*. NA SABBADHAÑÑĀNI PI ĀKIRIṂSŪ 'ti maṅgalaṃ karontā agadavasena yaṃ sabbatelamissitaṃ sāli-ādi dhaññaṃ ākiranti taṃ pi 'ssa nākaṃsū 'ti attho.

d. RATTĀBHATAN 'ti rattiyaṃ ābhataṃ.

5. *b*. SASAṂSAYAN 'ti jīvati nu kho na nu kho jīvatīti sasaṃsayittāya sasaṃsayan 'ti (C. D. °van 'ti). JIVITASĀVASESAN 'ti jīvitaṭṭhitiyā hetubhūtānaṃ sādhanānaṃ abhāvena kevalaṃ jīvitamattāvasesakaṃ.

III. 6.

4. *a*. Tattha ANĀVAJJESU TITTHESŪ 'ti anivāritesu nadītaḷākādīnaṃ titthapadesesu. yattha manussā nahāyanti udakakiccaṃ karonti tādisesu ṭhānesu VICINI[1] ADDHA

---

[1] D. vicchini.

SAKAN 'ti manussehi ṭhapetvā vissaritaṃ api nām' ettha kiñci labheyyan 'ti lobhābhibhūtā hutvā aḍḍhamāsakamattam pi vicini gavesi.

Atha vā ANĀVAJJESU TITTHESU 'ti upasaṃkamanena kena ci anivāritesu sattānaṃ payogā(sa)ya suddhikaraṇabhāvena titthabhūtesu samaṇabrāhmaṇesu vijjamānesu VICINI AḌḌHAMĀSAKAN 'ti maccheramalapariyuṭṭhitacittā kassaci kiñci adentī aḍḍhamāsakam pi 'vasesena vicini na saṃcini puññaṃ.

III. 7.

1. *b.* RAJANĪYE 'ti kāmanīyehi rāguppattihetubhūtehi KĀMAGUṆEHĪTI kāmakoṭṭhāsehi. SONNASITI samaṅgibhāvena virocasi rattiyan 'ti adhippāyo.

c. DIVASAṂ ANUBHOSI KĀRAṆAN 'ti divasabhāge pana nānappakāraṃ kāraṇaṃ ghātanaṃ paccānubhavasi. RAJANĪti rattīsu YE 'ti nipātamattaṃ.

9. *c.* PAṬIHATĀ 'ti paṭihatacittā bandhaghātā viya hutvā. . . .

III. 9.

1. *a.* MĀLĪ ti mālāhārī dibbapupphehi patimaṇḍito 'ti abhippāyo. hirītīti (*sic*, D. haritīti) veṭṭhitasīso. KĀYŪRĪTI keyūrī bāhalaṃkārapatimaṇḍito 'ti attho.

d. Aruṇasadisavaṇṇavā 'ti vā pāḷi. aruṇan 'ti araṇīyehi devehi sadisavaṇṇa-ariyāvakāso 'ti attho.

4. *b.* UPAKKANTVĀ (C. ukkantitvā) (*sic*) 'ti ukkantitvā [illegible]vā 'ti attho.

6. *b.* SACCAKĀLE 'ti saccaṃ vattuṃ yuttakāle. . . .

III. 10.

2. *d.* KHĀRENA PARIPPHOSETVĀ 'ti avakantita-avakantitakkhaṇe khārodakena paritosetvā[1] siñcitvā punappunam pi avakantanti.

6. *d.* PACCATTAVEDANĀ 'ti paccattaṃ visuṃ visuṃ attanā anubhūyamānā mahādukkhavedanā.

8. *b.* Te puggalā tato puññato VIVECAYETHA viveceyyātha

---

[1] D. °sitvā.

paribāhire jāniyāthā 'ti aññapadesena attano mahājāniyatam vibhāveti.

IV. 1.

1. *d.* Kāraṇatthiko 'ti jīva bho jīvitam eva seyyo 'ti vutte atth' assa kāraṇena atthiko.

2. *d.* Paricārikā sā pīti yā asitapītakhāditavatthaparibhogādilakkhaṇā indriyānam paricārikā sā pi imassa natthi pariharaṇā sā piti vā asitādiparibhogavasena indriyānam pariharaṇā sā pi imassa natthi. vigatajīvitattā 'ti attho. parivāraṇā sā pīti keci paṭhanti.

3. *d.* Virādhitatto 'ti pariccattasabhāvo janena tenā 'ti tena ñāti-ādijanena.

5. *c.* Ussāvavindu 'va palimpamāno 'ti tiṇagge limpamāna-ussāvavindusadiso.

6. *b.* Uttāsitan 'ti āvutam āropitam picumandassa sūle 'ti nimbarukkhassa daṇḍena katasūle. kena vaṇṇenā 'ti kena kāraṇena.

7. *a.* Tattha sālohito 'ti samānalohito yonisambandhañātako 'ti attho.

8. *b.* Sattussadan 'ti pāpakārīhi sattehi ussannam. atha vā pañcavidhabandhanamukhe tattalohasecanam (D. tattha lohitasecanam) aṅgārapabbatāropanam lohakumbhipakkhepo asipattavanappavesanam Vetaraṇiyam samotaraṇam mahāniraye pakkhepo 'ti imehi pañcavidhabandhanādīhi dāruṇakāraṇehi ussannam uparupari nivisitan 'ti attho.

9. *d.* Ekantatippan 'ti ekanten' eva tikhiṇadukkhaniyatamahādukkhan 'ti attho.

10. *d.* Tasmā tena kāraṇena mā me 'kato mayā ekato imassa jīvitassa uparodho mā hotū 'ti imassa santike idam vacanam aham na bhaṇāmi.

11. *a.* Tattha aññāto 'ti avagato.

12. *a.* Addhā 'ti ekamsena.

c. Akāmāsaddheyyavaco akāmo eva saddhātabbavacan[illegible] 'ti katvā iminā kāraṇena pucchassu mam kāmam ya[illegible] visayhan 'ti attano yathā icchitam attham puc[illegible] mam aham pana yathā visayham yathā mayham[illegible]m sakkā tathā attano ñāṇabalānurūpaṃ kathessāmīti adhippāyo.

13. Tassattho. ahaṃ kiñcid eva cakkhunā passissāmi taṃ sabbaṃ pi tad eva ahaṃ abhisaddaheyya paṭiññeyya taṃ panā disvā tava vacanaṃ no [1] pi (no) saddaheyya yakkha mayhaṃ tiyassakammaṃ [2] nigahakammaṃ kareyyāsīti. atha vā. YAṂ KIÑCĀHAṂ CAKKHUNĀ PASSISSĀMĪTI ahaṃ yaṃ kiñcid eva cakkhunā passissāmi acakkhuno parassa adassanato SABBAṂ PI TĀHAṂ ABHISADDAHEYYAN 'ti sabbaṃ pi te ahaṃ diṭṭhaṃ sutaṃ ayaṃ vāpi abhisaddaheyyaṃ tādiso hi mayhaṃ tayi abhippasādo 'ti adhippāyo.

Pacchimapādassa pana yathā vutto 'va attho.

14. *a*. SACCAPAṬIÑÑĀ TAVA ME SĀ HOTU 'ti tava esā paṭiññā mayhaṃ saccaṃ hotu.

b. SUTVĀNA DHAMMAṂ LABHASSU PASĀDAN 'ti mayā vuccamānaṃ dhammaṃ sutvā sundarapasādaṃ labhassu.

d. AÑÑATTHIKO 'ti ājānanena atthiko.

15. *a*. YATHĀ PAJĀNAN 'ti yathā añño pi pajānanto yathā pajānan 'ti vā mayā yathā ñātan 'ti attho.

d. ETAN 'ti vā nipātamattaṃ. . . . kissa te 'ti ca keci vadanti.

16. *b*. CIKKHALLAPABBE 'ti cikkhallavati saṃdhimhi NARAKAN 'ti āvāṭaṃ.

21. *c*. KIÑCATTHIKO 'ti hassādhippayo.

24. *a*. ĀSAṂSĀNĀ 'ti āsiṃsamānā patthayamānā.

29. *d*. TEN' AMHI NAGGO KASIRĀPAVUTTI ti tena duvidhena kāmañ ca idāni naggo niccolo amhi kasirā dukkhā vutti jīvikā hoti.

32. *a*. Tattha KAPPITAKO [3] NĀMA 'ti jaṭilasahassassa abbhantare āyasmato Upālittherassa upajjhāyaṃ saṃdhāya vadati.

33. *b*. SUPPAṬIMUTTAKO CĀpi [4] ti suṭṭhupatimattabhānīti attho.

c. ARAṆAVIHĀRĪ ti mettāvihārī.

34. *a*. VIDHŪMO 'ti vigatamicchāvitakkadhammo. ANI-

tās

[1] D. to. [2] C. niya°. [3] D. kampi°. [4] C. cāti.

OHO 'ti niddukkho. . . . NIRUPADHĪTI kilesābhisaṃkhārādi-upadhippahāyī. SABBAPAPAÑCAKHĪṆO 'ti parikkhīṇataṇhādipapañco.

35. *a*. APPAÑÑATO 'ti paramappicchatāya paṭicchannaguṇattāya na pākaṭo ca NA SUJĀNO 'ti gambhīrabhāvena DISVĀ PI evamsīlo evaṃdhammo evaṃpaññā 'ti na suviññeyyo.

37. *c*. SA M' AJJĀ 'ti so ajja makāro padasaṃdhikaro.

38. *a*. Tattha KAPINACCANĀYAN 'ti kapīnaṃ vānarānaṃ naccanena Kapinaccanā 'ti laddhavohāre padese.

c. SACCANĀMO 'ti jhāyī susīlo arahā vimutto 'ti ādinā chāhi guṇanāmehi yathā va nāmo aviparittanāmo.

39. *a*. Tattha KASSĀMĪTI karissāmi.

40. *b*. Tattha SĀDHŪ 'ti āyācane nipāto. vo LICCHAVI N' ESA DHAMMO 'ti Licchavirājā tumhākaṃ rājūnaṃ esa dhammo na hoti yaṃ akāle upasaṃkamanaṃ.

42. *a*. GIHIKICCĀNĪTI gehaṃ āvasantena kātabbakuṭumbakiccāni.

c. VICEYYA [1] 'ti sindūravatthaṃ gahaṇatthaṃ [2] vicinitva.

43. *c*. PAṬIKKAMAN 'ti piṇḍapātato paṭikkaman 'ti tenāha OOCARATO NIVATTAN 'ti.

46. *d*. VIDĀLAYANTĪ ti vidāliyanti.

47. *a*. PĀDAKUMĀRIKĀHĪ ti pādasaṃkhātāhi kudārikāhi.

b. PĀṬIYANTĪ ti parivārayanti. [3]

48. *a*. TIṆENĀPITI [4] tiṇaggenapi. [5]

b. MŪLHASSA MAGGAṂ PI NA PĀVADĀSĪTI maggamūḷhassa maggaṃ pi tvaṃ na kathayasi evāyaṃ puriso ito c'ito paribbhamatū 'ti kelisīlo hi ayaṃ rājā.

c. SAYAṂ ĀDIYĀSĪTI andhassa hatthato yaṭṭhiṃ sayam eva acchinditvā gaṇhasi.

49. *c*. PACCEMI BHANTE YAṂ TVAṂ VADESĪTI bhante tvaṃ pattāni bhijjantīti ādinā yaṃ vadesi taṃ paṭijānāmi sabbaṃ yeva taṃ mayā kataṃ kārāpitaṃ dasseti.

50. *b*. ETAṂ PĪ ti etaṃ khiḍḍādhippāyena kataṃ pakhiḍḍā 'ti khiḍḍāya.

---

[1] C. vi...yyā. [2] C. sindū°.—D. sindhuravatt...
[3] C. paricā°. [4] C. tiṇo uatiti. [5] C. na...

c. Pasavitvā 'ti upacinitvā. *d.* Vedetī ti anubhavatīti. asamatthabhogī ti aparipuṇṇabhogo taṃ eva aparipuṇṇabhogataṃ dassetuṃ

51. *a.* Daharo yuvā 'ti ādi vuttaṃ. naggaṇiyassā 'ti naggabhāvassa.

b. Kiṃ su tato dukkhataraṃ' assa hotīti kiṃ su nāma tato naggabhāvato dukkhataraṃ assa petassa hoti.

53. *a.* Bahudhā ca (?) satthan 'ti bahūhi pakārehi buddhādīhi vaṇṇitaṃ.

b. Akkhayadhammam atthū 'ti aparikkhayadhammaṃ hotu.

54. *a.* Ā(pa)ocamayitvā[1] 'ti hatthapādadhovanapubbakaṃ mukhaṃ vikkhāletvā.

55. *a.* Candanasāralittan 'ti sārabhūtaṃ candanalittaṃ.

b. Uḷāravaṇṇan 'ti seṭṭharūpaṃ.

d. Parivāritan 'ti anukulavattinā parajanena parivāritaṃ.

58. *a.* Ekadesam adāsīti catūsu paccayesu ca ekadesabhūtaṃ vatthadānaṃ saṃdhāya vadati.

c. Sakkhin 'ti sakkhibhāvaṃ.

59. *b.* Mā (?) māsīti me āsi. devatāsi mayhaṃ devatā āsīti yojanā.

60. *b.* Vippaṭipannacitto 'ti micchādiṭṭhipaṭipannamānaso dhammiyaṃ paṭipadaṃ pahāya adhammiyaṃ paṭipadaṃ paṭipanno 'ti attho.

67. *d.* Paṇītadaṇḍo 'ti ṭhapitasarīradaṇḍo. anusattarūpo 'ti rāja[illegible]sabhāvo.

68. *a.* Vīsatirattimattā 'ti vīsatimattā rattiyo. ativattā 'ti attho.

69. *b.* Ko taṃ vadethā 'ti tathā dhammiyakammaṃ karontaṃ taṃ imasmiṃ Vajjiraṭṭhe ko nāma āpamocehīti vadeyya evaṃ vattuṃ koci pi na labhatīti attho.

86. *c.* Tattho kārakaro 'ti upakārakārī.

87. *d.* Ubho pī ti dve pi sūlāvuto rājā ca.

88. *d.* Tattha phalaṃ kaniṭṭhan 'ti sotāpattiphalaṃ.

[1] D. ācayitvā.

IV. 3.

1. *a.* Tattha Rājā Piṅgalako nāma Suraṭṭhānaṃ adhipati ahū 'ti piṅgalacakkhunā Piṅgalo pākaṭanāmo Suraṭṭhadesassa issaro rājā ahosi.

c. Moriyānan 'ti Moriyarājūnaṃ Dhammāsokaṃ saṃdhāya vadati.

d. Suraṭṭhaṃ punar āgamā 'ti Suraṭṭhavisayaṃ uddissa raṭṭhagāmimaggaṃ paccāgañchi.

2. *b.* Paṅkan 'ti mudubhūmi.

d. Vaṇṇanāpathan 'ti petena nimmitaṃ mudubhūmimaggaṃ.

6. Yamapurisānaṃ santike 'ti petānaṃ samīpe.

7. *a.* Amānuso vāyati gandho 'ti petānaṃ sarīragandho vāyati.

11. *b.* Meghavaṇṇasirannibhan 'ti meghavaṇṇasaṃṭhānaṃ hutvā khāyamānaṃ.

15. *a.* Pūraṃ pānīyassa karakan 'ti pānīyena puṇṇaṃ pānīyabhājanaṃ.

b. Pūve 'ti khajjake. citte 'ti cittijanane madhure manuññā tahiṃ tahiṃ sarāve pūretvā pīne pūvo addasa.

25. *b.* Jeṭṭho eva natthi kuto jeṭṭhāpacāyiko jeṭṭhā[illegible]yanāpuññaṃ nāma natthīti attho.

26. *d.* Nīyati pariṇāmajan 'ti ayaṃ satto sukhaṃ vā dukkhaṃ vā labhanto nīyati pariṇāmajavasena labhati na kammassa katattāya issarādinā vā 'ti adhippāyo.

27. *d.* Suniṭṭhitan 'ti suṭṭhunihitaṃ na vijjatī ti yaṃ samaṇānaṃ dānaṃ nāma anugāmikaṃ nidānan 'ti vadanti taṃ na vijjati.

28. *d.* Sattannaṃ vivaraṃ antare 'ti pāṭhavi-ādīnaṃ sattannaṃ kāyānaṃ vivarabhūte antare chinde satthaṃ pavisati tena sattā asi-ādīhi pahaṭā viya honti.

30. *b.* Suttagūḷe viveṭhetvā katasuttagūḷe khitte 'ti nibbeṭhanavasena khitte nibbeṭhentaṃ. palāyatī ti pabbate vā rukkhagge vā ṭhatvā niveṭhiyamānaṃ khittaṃ suttagūḷaṃ nibbeṭhantaṃ eva gacchati.

33. *a.* Coḷāsīti caturāsīti.

b. Mahākappino 'ti mahākappānaṃ tattha ekambā[illegible]āsarā Anotattādito vassasate vassasate[1] kusaggena ekekaṃ udakavindum niharanti iminā upakkamena sattakkhattuṃ tamhi sare ninnndake jāto eko mahākappo nāma hotīti vatvā evarūpānaṃ mahākappānaṃ caturāsītisatasahassāni [illegible]ṃsārassa parimāṇan 'ti vadanti.

84. *d.* UDDHAṂ ME CHAHI MĀSEHĪTI āha.

87. *b.* TĀVADE tasmiṃ kāle.

58. *d.* PĀMOKKHO 'ti pācīnadisābhimukho hutvā.

IV. 5.

2. *a.* KHĀJJĀMI ti khādīyāmi asipattasaṃṭhānasadisehi nisitehi khādantehi viya ucchupattehi kantīyāmīti attho.

b. PARISAKKĀMĪTI payogaṃ karomi.

c. CHINNĀTUMO 'ti chinnabhāvo upacchinnathāmo parikkhīṇabalo 'ti attho.

3. *a.* VIGHĀTO 'ti vighātavā vihatabalo vā.

6. *c.* PACCĀSANTO 'ti paccāsiṃsamāno.

7. *d.* Ettha ETAN 'ti nipātamattaṃ.

IV. 6.

4. *a.* Tattha BAHŪSU VATA SANTESŪ 'ti anekesu dakkhiṇeyyesu vijjamānesu.

6. *d.* MANUSSĀ UNNATONATĀ 'ti manussakāle sāmino hutvā [illegible]katā kammavasena onatā caranti khuppipāsāya pasa[illegible]katin 'ti dasseti.

IV. 7.

1. *b.* Tattha PUBBE KATĀNAṂ KAMMĀNAṂ VIPĀKO MATHAYE MANAṂ[2] 'ti purimajātisu katānaṃ akusalakammānaṃ phalaṃ uḷāraṃ hutvā uppajjamānaṃ sandabālānaṃ citaṃ pathayeyya abhibhaveyya. paresaṃ anatthakaraṇīmukhena attano atthaṃ uppādeyyā 'ti adhippāyo.

8. *d.* UÑCHO (?) PATTAGATE RATAṂ (C. uñjo) 'ti uñchena bhikkhācārena laddhe ca tatte pattapariyāpanne āhāre rataṃ santappaṃ.

[1] C. omits.

[2] D. °thun.

8. *a.* UTTĀNO nipanno.
9. *b.* PŪGĀNĪ ti vassasamūhe.

IV. 8.

4. *c.* AJJHĀSITO MAYHAṂ GHARE 'ti kulupakabhāvena mama gehe taṇhābhinivesasse (?) abhiniviṭṭho. TASSĀ 'ti tassa kulupakabhikkhussa.

8. *a.* YAṂ BHADDANTE 'HANANT' AÑÑĀ 'ti bhaddante Ayyamahāmoggallāna tassa vaccakuṭiye yaṃ aññe ohananti vaccaṃ ossajanti.

IV. 10.

8. *c.* UTTĀNĀ PATIKIRĀMĀ 'ti kadāci uttānā [illegible]yamānaṅgā viya vattāma.

IV. 11.

1. *d.* NESSĀMI TAṂ PĀṬALIPUTTAṂ AKKHATAṂ 'ti idān' ahaṃ taṃ akkhataṃ tena pi aparikkhitamanussarūpen' eva Pāṭaliputtaṃ nessāmi.

IV. 16.

1. *d.* KIN NU SADDAYASE TUVAN 'ti kin [illegible] saddaṃ karosi ativiyavissaraṃ karonto vicarasi.

7. *a.* SĀLITTAKAPPAHĀRENĀ 'ti sālittakaṃ vuccati dhanukena aṅgulībi eva vā sakkharākhipanapayogo[1] 'ti. tathā sakkharāya paharaṇena. sālittakappahāre 'ti vā pāṭho. Te (sic) BHINDISSAN 'ti te bhindim.

---

[1] D. °yogo.

www.ingramcontent.com/pod-product-compliance
Lightning Source LLC
Chambersburg PA
CBHW032149010726
47493CB00008BA/2638
* 9 7 8 3 3 3 7 3 8 5 2 7 9 *